新典社選書61

鎌倉六代将軍宗尊親王

――歌人将軍の栄光と挫折――

菊池威雄著

新典社

目 次

第三章 歌壇と歌人宗尊親王

第四章 将軍時代の宗尊親王

第七章　高邁な精神と挫折

はじめに

鎌倉の将軍職は幕府創始者の頼朝から三代まで源氏であったが、三代目の実朝で頼朝からの血脈が絶えると、幕府は京から九条道家の子頼経を迎えて将軍に据えた。頼経失脚後はその嫡男の頼嗣へと継がれる。はたしえなかった皇族将軍の次善の策として採られたのが、摂家将軍といわれる頼経の擁立であった。幕府は五代将軍頼嗣の京への追放と引き換えに、念願の皇族将軍を実現させた。六代将軍宗尊親王である。以後将軍職は宗尊の子の惟康親王、後深草天皇(宗尊の弟)の皇子の久明親王、さらに子の守邦親王と皇族将軍が鎌倉幕府崩壊まで続く。皇族将軍は鎌倉将軍の究極の姿である。後の足利や徳川幕府では見られない特殊な姿であり鎌倉幕府の時代的特質の象徴でもあった。

鎌倉六代将軍宗尊親王の将軍時代は、鎌倉と朝廷との関係が最も安定し、息を吹き返した宮廷文化と鎌倉の文化が雅《みやび》を帯びて輝いた時代である。和歌をこよなく愛した親王は、和歌を権威の軸に据えて鎌倉に君臨しようとした。こうした親王の試みは武家を京の文化で磨くことに他ならない。それによって洗練された武家文化は、幕府権力の質を高めることになったと考えられる。

少なくとも中世までは和歌は現実に対して実効性を保っていた。国を支配する権威は経済力や武力では築けない。権威の発揚には高度に洗練された文化が不可欠である。鎌倉政権が最も欲していたのは薫り高い京の文化の導入である。京文化の原点である和歌を鎌倉に定着させたのが他ならぬ宗尊親王であった。親王にとって和歌は言うまでもなく消閑の具ではなく、将軍たる存在を御家人たちに見せ付ける武器として機能した。具体的には和歌を将軍御所にかかわる儀礼・行事として定着させ、幕府の権力機構の中に位置づけたことである。

しかしながら親王の試みは挫折する。将軍の権威が幕府の権力として機能する鎌倉幕府において、権威と現実を支配する政治的権力の担い手を截然と分けようとする北条氏によって、将軍の座が引き裂かれたのである。親王の挫折の背景には和歌の呪術的権威の後退という時代の流れもあったのかもしれない。

歌人宗尊親王については、明治時代の小倉秀貫の「鎌倉六代将軍宗尊親王」(『史学会雑誌』明治二四年一一月)、昭和に入って谷鼎の「万葉風と宗尊親王」(『短歌研究』昭和八年一一月)があるくらいでさほど注目されなかった。戦後の研究は山岸徳平の「宗尊親王と其の和歌」(『国語と国文学』二四巻一二号　昭和二二年一二月)に始まるが、研究が本格化するのは四十年代以降であり、家集その他関係史料などの基礎的な検証や翻刻が進んで、近年では様々な視点から宗尊親王の和歌の特質が説かれるようになった。しかし定家を初めとする主要な中世歌人に比してその存在の解明は緒についたばかりといえよう。

鎌倉の地に一閃の光芒を放ちつつ時代を足早によぎった親王の、栄光と挫折にはどのような意義があるのだろうか。そして親王が命を注いだ和歌は時代の中でどのような役割を果たし、和歌史にどのような影を投じたのであろうか。いずれも未だ謎であり大きな課題である。

本書は、皇族将軍の成立に至る歴史の概観を先立てて、将軍としての宗尊親王の実像を可能な限り具体的に描きつつ、親王の和歌を和歌史的な視点から捉えその特質や意義の検証を目指したものである。

文中に引用した和歌は以下のテキストに拠った。万葉歌は『日本古典文学大系本』（岩波書店）、他の平安以降の和歌は原則として『新編国歌大観本』（角川書店）。誤写・誤脱が明白でテキストにその旨の注記がある場合はそれに従い、また読みやすさを優先させて適宜かなを漢字にあらためるなどの改定を施した。『吾妻鏡』は『全釈吾妻鏡』（新人物往来社刊　一九七七年一〇月初版）を用いた。

第一章　皇族将軍の成立

1　源家と北条氏

源家の血脈の消滅

宗尊親王は言うまでもなく源氏の血脈とは無縁である。源家の棟梁が開いた鎌倉幕府がどうして源家から逸れてしまったのだろうか。血脈の権威、そのカリスマ性は天皇家を現代まで存続せしめたように極めて根強いものがある。鎌倉以降の足利幕府・徳川幕府においても血脈の権威は絶対的で信仰に近いものがあった。しかし不思議なことに鎌倉幕府は三代将軍実朝で源氏の血脈が絶えてしまう。その原因のひとつに、頼朝による同族の粛清があるといえるかもしれない。敵対するに至った木曾義仲や叔父の行家は当然であるとしても、平家討伐に絶大な武功を挙げた弟の義経をはじめ、範頼や義仲の子の義隆など頼朝は源氏一族を血祭りに上げている。

その後の源家の血の粛清は北条氏に受け継がれる。二代将軍頼家は生きながらにして朝廷に死が報告され、その後祖父の時政によって幽閉先の修善寺に刺客を送られる。頼家は二度殺されたことになる。その頼家も義経の兄の阿野法橋全成（乙若）を謀叛の罪で捕え誅殺している。

もっとも時政は後妻牧の方の娘婿である平賀朝雅を将軍に据えようと画策し、嫡男の義時と対立して失脚するという事件を起こしている。平賀朝雅の父義信は八幡太郎義家の弟、新羅三郎義光の孫で、平治の乱のとき義朝と共に戦った人物である。時政の血脈に対する意識に一貫性は認められない。

頼家の子の幼い千万は外戚である比企能員とともに亡ぼされ、三代将軍実朝も頼家の子の、鶴岡八幡宮の別当公暁に暗殺され、その公暁も直後に斬殺されて、ここに頼朝の血脈は絶えてしまった。

もし北条氏が源氏の血脈を重んじたとすれば、このような悲劇は繰り返されなかったかもしれない。仮に頼朝の直系が実朝で絶えたとしても、御家人の源氏一門から後継者を選ぶことは可能だったはずである。しかしながら北条氏は源氏の血脈を求めるどころか実朝生前に皇族将軍の擁立を試みている。健保六年（一二一八）実朝の母政子は熊野詣を口実に上京して、後鳥羽院の乳母の卿二位藤原兼子と院の皇子を将軍として迎えることを相談している（『愚管抄』）。翌承久元年実朝が暗殺された後に、政子は院の皇子の六条宮雅成親王と冷泉宮頼仁親王のいずれかを将軍に迎えることを申請する。この企ては後鳥羽院の拒絶によって挫折する。やむなく次善の策として、わずか二歳の三寅（藤原頼経）を鎌倉に迎え、六年後の嘉禄二年（一二二六）

に第四代将軍に就任させている。頼経は時の左大臣（後に摂政）九条道家の第三子。故に摂家将軍とも言われる。

政子が実朝在世中に皇族将軍を立てようとしたのは、実朝の命が長くないことを案じての画策と考えられているが、佐藤進一によれば、実朝の上に親王を据えることは、頼朝が大姫を、頼家が乙姫を入内させて、それらが儲けた親王を鎌倉に迎えようとしたことの代案であり、頼朝が以仁王をかついで武家政権をつくったという、その建前の再現であるという[1]。政子の胸の内は測り難いが、政子をはじめとする北条氏が源家の血脈にこだわらなかったことは確かである。

道家は親鎌倉派を代表する九条兼実の孫に当たる。また道家の妻の母は、頼朝の妹と一条能保の娘であるから、源氏と血縁的に連なっている。つまり頼経の母の祖母が頼朝の妹となる。しかしこの血脈が頼経擁立の決め手になったわけではない。頼朝と親交のあった親幕府派の権門九条兼実の流れであったからに他ならず、親王擁立に替わる次善の手段であったに過ぎない。北条氏は源氏の血脈には拘らなかった。むしろ源氏を忌避するきらいすら感じられるのである。

そこにはどのような背景があったのだろうか。頼朝は後白河院の皇子、以仁王の令旨に応じて挙兵した。以仁王の令旨は源氏一門に発せられた平家追討の命である。平家によって伊豆の

九条道家像
(『天子摂関御影』宮内庁三の丸尚蔵館蔵)

蛭が小島に流されていた頼朝にとって、その挙兵は第一義的には父義朝の仇を報じることであり、平家に替わって権力を把握することにあった。平家追討は源氏一門の悲願であり、いち早く兵を挙げて平家を追い落とし、都を制したのは木曽義仲であったが、頼朝の挙兵には源平の対立という単純な論理では律することのできない複雑な事情が絡んでいた。

源家と関東武士団

関東に土着する武士は当然源氏だけではない。いわゆる坂東八平氏と称される平家一門（千葉・上総・三浦・土肥・秩父・大庭・梶原・長尾）があり、北条氏もまた桓武平氏である。その他藤原系をはじめ多くの氏族からなる武士団が混在していた。北条氏が頼朝の帷幄の臣となったのは、いうまでもなく頼朝が娘婿であったからで、頼朝が源氏であったからではない。むしろ源氏であるにもかかわらず頼朝を支えることになったというのが実情である。最も強力な兵力を擁する平家の千葉氏が頼朝に従ったのは、坂東において久しく源家と深くかかわった歴史の背景があってのことだが、何よりも朝廷の支配を脱して坂東のことは坂東で沙汰する新たな権力の確立を期待したからであろう。頼朝の高貴な血筋にのみ一族の未来を託したのではない。出自の違いを超えて共通の利害を求める流れを冷静に読み取り、それを束ねたところに頼朝の成功があった。関東の武士団にとってその頂点は源氏でなければならない理由はなかったのである。特に実質的な権力を掌握した北条氏にとっては、源氏一門は反北条の旗手となる危険性すらはらむ存在である。はたせるかな後に北条政権を亡ぼしたのは源氏一門であった。

頼朝の妻政子は、あくまで北条氏の政子であり平政子であった。政子は源家に嫁入ったのではなく頼朝を婿として迎えたのであるから源政子になる必要はなかった。もとより頼家・実朝に対しては母としての情があり、可能な限りその保護に努めようとした。しかし肉親の情に袖を引かれつつも、政子は政治の冷徹な論理に引き込まれていった。頼朝亡き後、武家の棟梁でありながら棟梁たる資質を欠く頼家から、政権を有力な御家人による合議制という組織に移して、将軍による親政を阻み、権力機構を構築した北条氏にとって、もはや権威として戴く将軍は源氏である必要はどこにもなかった。

鎌倉武士の戦場の出で立ち

2　摂家将軍から皇族将軍へ

将軍家と天皇

政治権力は経済力や武力だけでは成り立たない。為政者にはそれらを超えて人々を心服させるに足る権威が備わらなければならない。その権威はヤマト王権成立以来天皇家が継承してきた。滞りなき季節の循環・国土の平穏をもたらす神祇・仏法・道教などの人智を超えたカリスマ性や、大陸から導入された教学の論理など、人を律するあらゆる権威を収斂する座に在り続けたのが天皇家である。高度に洗練された都の文化は皇権の具現化に他ならず、同時にそれは政治権力を成り立たせる根拠であった。天皇を頂点とする身分序列の観念は極めて強固であり、頼朝の身分ではそれを超えることができなかった。佐藤進一によれば、そのために頼朝は官僚制を整備して御家人統制を強化し、将軍宣下を獲得してその職名の権威によって御家人に対する軍事的権威を飾り、上に触れたような入内工作を目指したのだという。[2]

皇族将軍は摂家将軍よりはるかに天皇に近い。皇族将軍が求められたのは、まさに天皇の権威すなわち「国土や自然を支配するための観念的、呪術的、宗教的権威がその中に見出せたから」である。[3]

中世の天皇を〈穢れ〉の視点から論じた黒田日出男は、日蝕・月蝕の妖光から護るために御所を薦で裹《つつ》むのは、天皇の身体が国土安寧・天下安全・五穀豊穣に結びついているからであり、東国の〈王〉たる将軍も同じく、〈王権〉を身体的に体現した存在であるという。そして、将軍が成人して現実的・俗的な統治・政治に関与したがるようになると廃されるという在り方は「〈王〉としての天皇に近似的」であるという。[4] 将軍の廃立には天皇のそれとは異なった動機があるだろうが、御所を薦で裹むのは天皇と将軍のみに見られる呪法であり、〈穢れ〉の対極に置かれる身体の在り方において将軍はまさに天皇に比肩される存在である。

将軍家や将軍御所の清浄性に、武家の棟梁から神仏と交感する「祭祀王」への変化を見る永井晋は将軍家と御家人の関係について以下のように述べている。すなわち将軍御所に出仕する小侍所の御家人（小侍所簡衆）が、御所を清浄に保つことを優先したことにより、将軍家と御家人との絆が武勇から芸能に変化していった。いきおい他の御家人たちも将軍家と付き合っていくために、和歌や管弦を学び教養を高めていくことになったという。[5] 御家人たちたが京の文化を受容する契機を将軍家や将軍御所の清浄性から説いた論として注目されるが、弓矢を取るもののふたちも、武力の限界を知っていたからである。

皇権が培ってきた統治の根拠を〈武〉対する〈文〉だとすれば、鎌倉政権が求めたのはまさに統治の根拠としての〈文〉であり、それを具現する将軍である。従って最も強く望まれたのが天皇に準ずる存在たる親王将軍であった。親王将軍（摂家将軍も同じ）は実質的には武芸の棟梁たりえないにしても、将軍という地位は〈武〉の権威そのものであり武芸の棟梁を仮構し幻視し得る存在である。親王将軍はいわば鎧を纏った〈文〉の体現者といえよう。

親王将軍は血縁的に天皇に限りなく近く、天皇の権威を代行し、あるいは天皇の地位を象徴的に演ずるにするに最もふさわしい。そしてまた天皇に準ずる権威を担いつつ、同時にそれとは異なる立場、すなわち天皇の臣下という二重の意義を持つ存在である。その絶妙な二重性は鎌倉政権にとっても最も望ましいといえよう。将軍という〈武〉の権威を天皇との間に介在させることによって公家とは違ったスタンスを取りつつ、天皇に限りなく近い支配権を獲得する可能性が拓けるからである。

将軍家の権威と権力

摂家将軍は次善の策であった。しかして摂家将軍頼経の登場によって明らかになったことは何なのか。ひとつは右に述べたように脱源氏である。尤も頼経は頼家の娘竹の御所を正妻にしており、そのことはなお源氏の血脈に惹かれる心が御家人たちに残されていたことの証左と言えるかもしれない。しかし鎌倉の脱源氏の流れは決定的であった。それは幕府の権力が、頼家の親政を阻止して合議制を取った時に始まる。合議制は政権の基盤が将軍の個人的な政治力を離れ、権力機構として機能しはじめたことを意味する。政権の代表者たる執権にとって、将軍は物言わぬ高貴な血筋でありさえすればよかったのである。かつて鎌倉の御家人たちと頼朝とは直接的な絆をむすび、彼らの生存権は頼朝との信頼関係に委ねられていた。もとより頼朝もいち早く権力の組織化にとりかかったが、それを引き継いだのが北条氏である。北条氏が繰り広げた権力機構の網は将軍家と御家人との親密な絆の政治的有効性を風化させていった。

三代将軍実朝はすでに御家人たちから浮き上がった存在であったようである。しかし実朝には御家人との絆はなお残されており将軍親政の余韻があった。しかし頼経には少なくとも当初は御家人との絆は皆無であり、組織の空席を埋める象徴的な存在に過ぎなかった。

摂家将軍によって明確となったもう一つは、将軍としての権力の発動、権力への願望が許されないことである。頼経の、その子頼嗣へあわただしい将軍位譲位から鎌倉追放にかけての経緯には謎が多いが、つまるところ頼経が将軍の「権威」の領域を踏み出して権力の行使に触手を伸ばそうとしたことにある。言われているように頼経の頼嗣への譲位によって院政の鎌倉版

藤原（九条）頼経像（明王院所蔵）

明王院は頼経によって建立された将軍家祈願所の寺

ともいうべき大殿政治を目指したのかもしれない。少なくともそのような危惧を持たれたと考えられる。

寛元二年（一二四四）四月二一日、頼経の嫡子頼嗣の元服を機に、頼経は朝廷に急使を遣し、頼嗣の叙位任官ならびに征夷大将軍の宣下を奏請した。わずか七日後には将軍宣下・叙位任官がなされ、その知らせは五月五日には鎌倉にもたらされている。時に頼経二七歳、頼嗣にいたってはわずか六歳であった。この異常尽くめの出来事について『吾妻鏡』は、これは天変により、御譲与のことをにわかに思い立たれた上、五、六両月は御慎に当たるので今月この儀を遂げられた、という旨を記しているが、実態は深刻な権力闘争であったらしい。

すでに、承久の乱を勝ち抜いて幕府権力を強化した実力者の実時・政子、創業の功臣大江広元などが相次いで世を去り、やがて執権職も実時のあとを継いだ泰時から嫡男の経時へ移り、鎌倉幕府も世代交代が進んで新たな段階に入ったころであった。その経時が病を得て弟の時頼に執権職を譲り、やがて没した寛元四年（一二四六）、北条の一門の名越光時が前将軍頼経を擁して執権職を奪おうとして亡びるという事件が起こる。首謀者の光時、連座した弟の時幸、但馬前司定員らはいずれも頼経の近習であった。執権時頼は頼経を都へ追放する。時頼が三浦泰村・光村兄弟ら三浦一門を滅ぼした宝治合戦はその翌年である。三浦光村も永年にわたって頼経の近習を勤めた武人であった。合戦に敗れて兄弟は頼朝の法華堂に立てこもるが、最期を迎えた両人が交した会話を、たまたま法華堂の承仕法師（雑務を務める僧形の者）が耳にした。それによると頼経の時代に九条道家が執権を亡ぼそうと三浦氏を誘ったものの、泰村の逡巡によって未然に終ったことを、光村がいたく悔んだということであった（『葉黄記』）。

　執権職を受け継ぐ北条嫡流の得宗家にとって、将軍家という存在は諸刃の剣であった。最も危険なのは、将軍と近習との醸成される主従の強い絆である。若き将軍を中心にした青年たちの純粋な情が、権力に向かうときの危険性は侮りがたい。将軍は権力の中枢に坐る伏兵でもあった。その危険性を顕在化させたのが将軍頼経である。将軍家とは執権にとって気の抜けない存在であるが、それを立てない限り執権はなりたたない。いかに独裁的な権力を掌握していたとしても得宗家は御家人の一翼を担うに過ぎず、得宗家以外の北条庶流や他の御家人に対して質的な優位性を持っていたわけではない。御家人を越える権威に従う姿勢をとり続ける他はないのである。執権時政に触れてではあるが杉橋隆夫が「いわば北条氏に対する批判勢力の存在は、時政をしてある程度鎌倉殿の権威を尊重させ、一般御家人の支持をつなぎ止めるための施策を必要ならしめる」と述べ、具体例を挙げて論じたのは肯綮にあたる[6]。

　次の五代将軍頼嗣であるが、父頼経が京に追われた後も幕府から警戒された。祖父の九条道家が関東申次の地位を追われるという状況下で、将軍家としての権威も心細い頼嗣であったが、依然として反北条氏の拠り所として警戒されたらしい。建長三年（一二五一）一二月二六日、佐々木氏信・武藤景頼・了行法師などが謀叛の科で逮捕されるという事件があった。謀叛が事実であったか、どこまで具体化されていたかは分からないが、将軍頼嗣の存在なくして謀叛はありえない。翌年二月には将軍を廃されている。

後嵯峨天皇

源氏将軍から摂家将軍へと、将軍家は性格を変えながら継承されていった。後鳥羽院が親王将軍を拒絶した理由は、「イカニ将来ニコノ日本国二ツニ分クル事ヲバシヲカンゾ」（『愚管抄』巻六）という院自身のことばに尽くされている。親王を将軍にすえれば、天下を二分しかねないというのである。親王将軍によって鎌倉が朝廷に限りなく近い権威を備えることを危惧したと思われる。あるいは、将軍が斬殺されるという苛烈さを潜める武家の府に、親王を追いやる不安があったのかもしれない。親王を通じて鎌倉を支配する可能性も考えられるが、体のよい人質に終わるかもしれない。院の思惑は測りがたいが、根底には鎌倉への根強い不信があった。

三代将軍実朝を見る院の眼は複雑であったに違いない。少なくとも和歌という文化の面では、院は実朝に親愛の情を注いでいた。若くして右大臣にまで実朝を押し上げたのは、いわゆる官打ちの呪詛（重い官がそれにそぐわない身を押しつぶすという）によるかといわれてもいるが、恐らくはそうではなく、実朝の権威を高めることで、鎌倉を膝下に押さえ込もうとする院の深慮によると考えておきたい。実朝の非業の死は、そうして院の思惑の挫折であり、院の鎌倉討伐の決意はそれによってさらに深まったのではなかろうか。

将軍継嗣問題にからんで幕府権力の根幹を揺るがしかねない院からの要求もあって、幕府と院との間はいっそうこじれ、次第に緊張が高まっていった。承久三年（一二二一）五月、後鳥羽院は諸国の御家人、守護、地頭らに義時追討の院宣を発して挙兵。結果は幕府側の圧倒的な勝利に終わる。しかして乱後の幕府の処断は苛烈であった。首謀者である後鳥羽上皇は隠岐、順徳上皇（後鳥羽の皇子）は佐渡にそれぞれ配流、後鳥羽上皇の皇子の六条宮、冷泉宮もそれぞれ但馬、備前へ配流。仲恭天皇（順徳の皇子）は廃された。討幕計画に反対していた土御門上皇（後鳥羽の皇子）も土佐へ配流された。自ら望んでの配流であったが、それによって後鳥羽院の子と孫が都から一掃されることとなった。

廃帝の仲恭の後に立てられたのは、後鳥羽院の兄の守貞親王（行助法親王。後に後高倉院の号が追贈される）の子の茂仁《とよひと》で後堀河天皇である。在位一〇年でわずか二歳の秀仁親王に譲位して院政を敷く。ところが即位した四条天皇が仁治三年（一二四二）、一二歳で急逝したため、後高倉院の系統は絶えてしまった。そのため皇位継承問題は難航した。九条道家ら公卿たちは順徳上皇の皇子である忠成王（仲恭天皇の異母弟）を擁立しようとしたのに対し、時の執権北条泰時は、承久の乱に加担した順徳上皇の系統を忌避し、乱に対して中立的立場を取っていた土御門上皇の皇子邦仁王の擁立を主張しそれを押し通した。

皇位も幕府の同意がなければ決定できないほど朝廷の権力は衰退していたことになる。貴族たちの不満を押しつぶす形で誕生したのが、後嵯峨天皇である（『平戸記』・『民経記』の仁治三年正月一九日条に邦仁王擁立を非難する記述がある）。

皇統譜

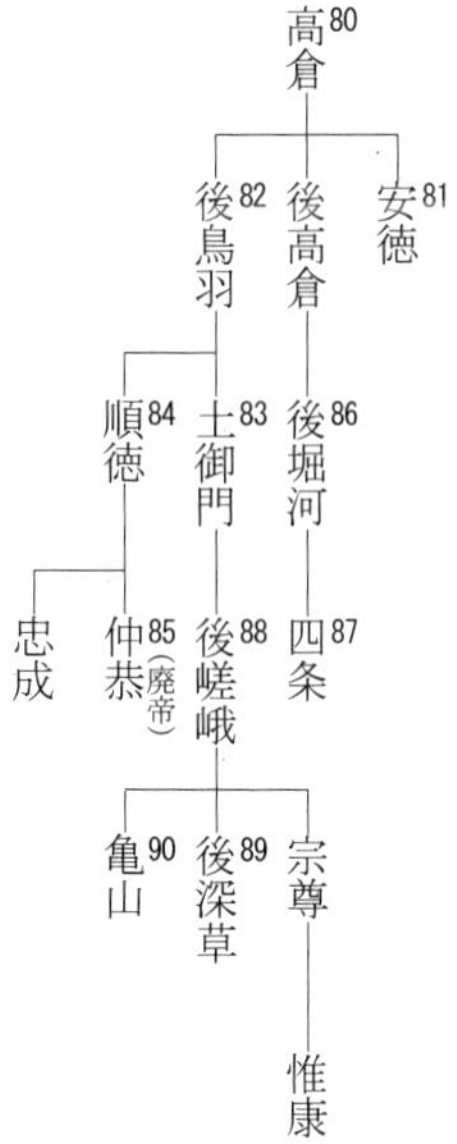

土御門上皇が土佐に流された後、邦仁王は母（土御門通宗の娘源通子）の大叔父の中院通方・土御門定通に養われたが、土御門家の没落により沈淪を余儀なくされていた。邦仁王にとっては思いがけない僥倖である。承久の乱を克服して強力な権力を獲得した幕府に支えられ、安定した後嵯峨天皇およびその院政の時代は、華やか

な宮廷文化に彩られていくが、当然幕府とは信頼関係を深めていく。親王将軍はこのような気運の中で実現する。

建長三年（一二五一）、頼経が謀反事件にかかわったとして、時の執権時頼は後嵯峨院の皇子宗尊親王を将軍に迎えることを決定する。哀れを極めたのは将軍頼嗣である。翌建長四年一四歳で将軍職を解任され、母大宮殿とともに京へ追放された。四年後には父の頼経が没するが、そのひと月後に後を追うように病死した。享年一八歳であった。

3　宗尊親王の生い立ち

光源氏の再来

宗尊親王は後嵯峨院の第一皇子で（兄に一条能保女所生の円助法親王がいるが、出家者であるため、宗尊が実質的には第一皇子となる。『吾妻鏡』など公式記録には、後嵯峨院第一皇子と記すので、本書もそれに従う）、母は平棟基女の平棟子。絶世の美人であり、後嵯峨院の寵愛が深かったことは、当時の公家日記などに記されているが、所生の皇子宗尊が皇太子に立てられるほどの身分ではなかった。後嵯峨院の中宮は、西園寺実氏女の藤原姞子であり、次に皇位を践んだのは姞子所生の久仁親王（後深草天皇）、次いで恒仁親王（亀山天皇）である。しかし棟子は、「今上寵愛逐日々新。仍被転任云々」（『平戸記』）と記されるように、次第に累進して従一位准后（准三后。太皇太后・皇太后・皇后の三后に准ずる位）に至った。

帝にはなしえない皇子ではあったが、それだけに不憫でもあり後嵯峨院は宗尊をこよなく愛した。院は宗尊を式乾門院利子内親王の猶子として、内親王の伝領する後高倉院領の相続人にするなど、その将来に心を配ったりしている。親王の着袴・御書始などの節目の儀式は、中宮所生の親王と同格に営まれたため、皇太子に立てられるのではないかという噂が流れたりもした。当時の人々は、棟子と宗尊の上に桐壺更衣と光源氏の面影を重ねていたといわれている。掌中の珠である宗尊が将軍になることは、後嵯峨院にとっても望むところであったかと思われるが、いずれにしろ鎌倉の要求には従わざるを得ない立場であった。

後嵯峨院像
（『天子摂関御影』宮内庁三の丸尚蔵館蔵）

鎌倉入り

建長四年（一二五二）三月一七日、三品親王宗尊の鎌倉下向が仙洞にて決定し、一九日には一旦仙洞より六波羅に入御、即日京を出立し、鎌倉到着は四月一日であった。鎌倉は礼を尽くして宗尊を迎え入れた。宗尊は弱冠十一歳の少年である。『増鏡』（内野の雪）は、宗尊の鎌倉下向を次のように記している。

御迎へに東の武士などあまたのぼる。六波羅よりも名ある者十人、御送に下る。上達部・殿上人・女房など、あまた参る。「院中の奉公にひとしかるべし。かしこにさぶらふとも、限りあらん官かうぶりなどはさはりあるまじ」とぞ仰せられける。何事も、たゞ人がらによると見えたり。こはことによそほしげなり。

鎌倉からも多くの武士が迎えに上り、都からも廷臣・女房などあまたの人々が従った。鎌倉に下る官人の将来の官位を宮廷官人と同等にするという、院の身分保障まで付いている。吉田中納言為経・土御門宰相中将顕方・花山院中将長雅・右中納言顕雅・木工権頭親家などの公家をはじめ、西御方、一条局や別当局、美濃局などの女房などである。[7] 中将顕方は村上源氏の俊英であったらしい。村上源氏の血を引く後嵯峨院（母は村上源氏の通宗の娘）がこよなく慈しんできた親王を託すに足る人材として選んだ顕方は、以後親王に影の如く寄り添って仕えることになる。女房の西御方（土御門内大臣源通親の娘）、一条局（通親の子大納言通方の娘）も同じく村上源氏であった。

親王の介添えとして下向した式乾門院蔵人藤原重房・近衛左中将藤原（冷泉）隆茂、左近大夫石川新兵衛宗忠などは、親王退位の後も鎌倉に留まった。左衛門尉勧修寺清房（藤原北家高藤流）の子、重房は丹波国何鹿郡上杉庄を賜って上杉姓を称し、足利氏と婚姻関係を通じて密接な関係を築いていった。後の上杉管領家の祖となった人物である。千載集の歌人の隆房の子孫である冷泉隆茂は、駿河国富士下方・須津庄を賜わり、石川宗忠は駿河国富士上方・重須を賜わり駿河守となって、それぞれ武家となる。なお、隆茂は後に日興上人の和歌師匠になったという[8]。

上杉重房像（明月院蔵）

『吾妻鏡』によれば、鎌倉に到着した宗尊は最初に執権時頼の亭に入御する。時頼以下、重時・政村・長井泰秀・二階堂行義・宇都宮泰綱・秋田義景などが控える庭を進んだ親王の輿は寝殿に寄せられ、やがて親王は寝殿の南面に出御する。この日より三日間、垸飯《おうばん》の儀が行われた。これは御家人が将軍家を饗応する儀式で、最も重要な晴れの宴である。初日は重時、二日目は秋田義景、三日目は足利正義がこれを沙汰した。重時・政村はそれぞれ義時の次男三男、時頼の祖父泰時の弟たちであり、当時北条氏の長老たちであった。なお時頼の正室は重時の娘で時宗を生んでいる。執権職は時頼出家の後、長時（重時の子）、政村を経て時宗へと引き継がれていった。

式次第は初日の記事に詳しく、それによれば、相州時頼・奥州重時の両国司が廊の切妻の地下に置かれた敷皮に座す。側近の土御門宰相中将顕方が参進して親王の御座の間とその東西の御簾を上げる。次に前右馬権守政村が南門から御剣を捧げ持ち庭を通って寝殿に登り、親王の座の傍らに置く。次に北条長時が御弓を張り、後藤基綱が御行縢《むかばき》・沓《くつ》を奉り、次に五頭の御馬に鞍を置いて庭に引き入れる。以下親王をはじめ女房にいたるまで、砂金や絹など多くの供物を献上する儀が続く。

将軍宣旨の案文が鎌倉に着いたのは四月四日であったが、四月一日の垸飯《おうばん》（饗応）の儀によって親王は事実上将軍として鎌倉に君臨することとなった。御剣、御弓、御行縢・沓は、天皇家の三種の神器に相当する将軍家の象徴であり、武家の棟梁にふさわしいレガリアである。垸飯

宇津宮辻幕府跡

若宮大路幕府跡

に引き続いて、御所の警護に当たる格子番六番が置かれた。格子番とは格子の開閉を司る役で、番毎に十二名の武士が従事する。

垸飯三日目の四月三日、盛大な親王の儀礼の蔭に、前将軍頼嗣の寂しい帰洛があった。頼嗣は宗尊の鎌倉入り一〇日前の三月二一日、幕府を退去して北条時盛の佐助の亭に入っていた。親王が御所ではなく時頼の亭に入ったのは、入御に備える準備の意味があったと思われるが、どういうわけが頼嗣の退去した御所には入らず、同年一一月の新しい御所の完成を待って「新御所御移徙《わたまし》」があった。新御所の場所は今日必ずしも確定されているとはいえない。御所は嘉禄元年（一二二五）大倉の地から若宮大路東側の宇津宮辻子《ずし》に移され、そこに入御した四代将軍頼経の嘉禎元年（一二三五）再度その地に移された。いわゆる若宮大路御所である。「新御所」とは頼嗣の御所となっていた若宮大路御所を新たに建て直したものと考えられる。

注

1　佐藤進一『日本中世史論集』「武家政権について」岩波書店　一九九〇年一二月
2　注1に同じ。
3　伊藤喜良『日本中世の王権と権威』第五章「ケガレ観と鎌倉幕府」思文閣出版　一九九三年八

月

4　黒田日出男『こもる・つつむ・かくす』―中世の身体感覚と秩序―」『日本の社会史』第八巻「生活感覚と社会」　岩波書店　一九八七年三月

5　永井晋　NHKブックス『鎌倉幕府の転換点』二〇〇〇年一二月

6　杉橋隆夫「鎌倉執権政治成立過程」『御家人制の研究』御家人制研究会編　吉川弘文館　一九八一年七月

7　中川博夫「宗尊親王将軍家の女房歌人達」『中世文学研究』第22号　一九九六年八月。関東下向の女房や幕府出仕の女房や歌人女房について詳細に考察。

8　日蓮宗現代宗教研究所発行『現代宗教研究』31号　一九九七年三月

9　宇津宮辻子御所・若宮大路御所の位置や規模については、発掘調査や文献に基づいて多くの検討がなされてきたが、それらを踏まえて行き届いた考察がなされているのが鈴木良昭『「とはずがたり」の鎌倉』（港の人　二〇一一年一一月）である。

第二章　将軍宗尊親王

1　宗尊親王の一年

丁重に迎えられた将軍宗尊に、鎌倉はどのような役割を用意していたのだろうか。和歌に関する行事は後に詳述するとして、先ずは将軍家として何をしたのかを『吾妻鏡』によって見ておこう。

年始の儀

将軍の一年は先ず垸飯《おうばん》の儀から始まる。将軍と主従関係の絆を結ぶ儀式である。一月一日から三日まで続く。その間もしくは四日以降に執権時頼の亭への御行始がある。この御行始の儀は、天皇が年頭に父の上皇や母后の御所に行幸する朝覲に準ずる行事である。親王は烏帽子・直垂を召し御車で出御、親王を迎えての饗応が盛大に営まれる。建長八年の御行始では、供奉の武士三八名は将軍家自身で選定している。時に親王は一五歳で、それ以前は時頼の選定であった。次いで一〇日ごろに弓始、的始の儀、および評定始の儀が催される。

評定始とは評定衆の評議を儀礼化した行事である。評定衆は幕府の重要な政務決定をする組織として泰時によって創始された制度である。将軍着任が建長四年四月一日であったため、この年の正月からの行事が集中して繰り返されるという異例の中で、親王の初めての評定始は四月一四日であった。この日は八幡宮参詣・政所始・弓始があり、評定始の後には乗馬始、一七日には鞠始まであった。

評定始の儀礼には変遷があったようだが、大神宮・八幡宮以下の大社に神馬を奉ることが評定され、それを相模守時頼・陸奥守重時が将軍家に持参、将軍御覧の後執行されたという（『吾妻鏡』建長四年四月一四日条）。なお大社とは京都は十八社、関東は鶴岳宮（鶴岡八幡宮）・伊豆・箱根・三嶋および武蔵野国鷲宮以下、諸国の総社であった。

鶴岡八幡参詣・二所詣

垸飯を中心とする年始の儀に続いて、鶴岡八幡参詣の儀が行われる。年によって二月にずれ込むことがあるが、概ね一月中旬の行事である。建長五年の時は二一日、将軍家は御所の西門から若宮大路に御車で出御。御車を固める武士一一名、御剣の役人二名、従う供奉の武士六〇名という。康元二年（一二五七）の記事によれば、将軍家は赤橋の下に寄せた御車から下り立ち、最初に下宮に御奉幣、次に上宮に参着、御経供養、御聴聞などがあった。

二月から三月にかけての重要な行事に二所詣がある。建前としては将軍家自身の参詣である

牛田雞村画　1917年頃（神奈川県立近代美術館蔵）

が、実際は蒲柳の質である親王の健康状態などで、臣下の代参が多かった。参詣に先立って二所精進始が由比ガ浜で実修される。潮を浴びての禊である。正嘉二年（一二五八）三月一日の例によれば、先陣の隋兵一二騎と弓や甲冑などを奉じる騎馬武者数名と先達の僧、御駕役十五名、御後騎として顕方以下の供奉の朝臣や武士たち三〇数騎、さらに後陣の隋兵一二騎といういでたちであった。この折には時の執権武蔵守長時と若き相模太郎時宗が轡を並べて従っている。文応元年の場合は一一月という異例であったが、二所詣の様子が具体的に記されている。それによると、一一月二七日鶴岡八幡に参詣してから出発。二八日に筥根の御山に奉幣。「衆徒等湖上に船を

「鎌倉の一日」下絵（部分）

浮かべて延年、垂髪廻雪の袖を翻し、歌舞の局を尽くす」とある。二九日三嶋大社に奉幣、三〇日伊豆山に御参、一二月一日奉幣して同日土肥に宿し、翌二日に酒匂駅に止宿して、三日に鎌倉に還御したという。二所詣といわれるが、伊豆山権現と箱根権現の二所に三嶋大明神を加えた三社であり、頼朝以来の将軍家の重要な行事である。

親王が二所詣で詠んだ歌が家集に見られる。

文永二年の春、伊豆山にまうでゝき侍りし夜、くもりもはてぬ月いとのどかにて、浦々島々かすめるをみて

さびしさのかぎりとぞみるわたつうみのとを島かすむ春の夜の月

（中書王御詠二一）

伊豆山神社

箱根神社

三嶋大社

二所に詣侍て下向し侍りしに、大磯といふ所にて帰雁のなきわたり侍りしかば

我ならぬくもゐの雁もけふはまたぬれてぞかへる春雨の空　（同三〇）

最初の歌は「春江」の題に分類されているが、ほのぼのとした春の風光にもかかわらず「さびしさのかぎり」と歌っているところに、親王の孤独な性癖が現れている。二首目も同じ時の歌で「帰雁」に配列されている。春雨の中を鎌倉を目指す心と北へ帰る雁の風情を重ねた歌で、しっとりとした情調をかもしだしている。

なお、文永二年の二所詣での折には伊豆山に三十首歌を奉納していることが新後拾遺集によって知られている（新後拾遺集一五一三）。

鞠始・政所始

三月から四月にかけて鞠始が御所の鞠の壺で行われる。建長四年では四月一七日、顕方・右馬助親家・二条中将兼家の公家、相模守時頼・右馬権頭政村以下七名の武士が奉仕している。この鞠始に至るまで、上に述べたように四月一日に鎌倉入りしたため、本来は一月に行われる行事がこの月に集中している。一四日には鶴岡八幡宮初詣、弓始、評定始、乗馬始が行われたがその中に、将軍在任中ただ一度だけ記録されている政所始がある。評定始と同じく年初に行

われるべきであるが遅ればせながらの儀礼であったと思われる。在任中に他に記録がなく、果たして恒例であったかどうか確定できないが重要な行事であったはずである。

　政所（公文書ともいう）は幕府の政務・財政を司る職で、初代別当は大江広元、後に執権・連署が兼務した重要な機構である。この政所始は奉られた重要文書を将軍家が披見するという政務を儀礼化したもので、吉書奏あるいは吉書始という。その次第は詳らかではないが、親王が鎌倉入りした直後の建長四年の記事によれば、以下のような式次第であった。すなわち相州（時頼）・奥州（重時）の両国司が政所に参上、当所の執事（政所の総務部長。この地位は二階堂氏が世襲した）二階堂行綱主導で三献の儀が行われる。次に将軍家が寝殿（時頼亭の仮御所か）の南面に出御、土御門宰相中将顕方が御座の間と左右二間の御簾を上げ、奥州が御前の簀の子に坐す。二階堂行綱が覧筥の蓋に納めた吉書を捧げて奥州に渡し、奥州は将軍家の前に置く。将軍家はこれを御覧の上返却。次に御剣・御弓箭《ごきゅうせん》・御鎧《おんよろい》・御野矢・御行縢《おんむかばき》・沓《くつ》そして御馬などの武具を奉り、御簾を垂らして終了する。その折には執権の時頼は将軍の御前には参上せず、奥州重時がこれを勤めているが、時に時頼は二六歳、三代執権泰時の弟の重時は五五歳で北条一門の重鎮であった。

放生会

五月から七月まで当座の行事で埋められるが、恒例となっていたのが、八月一五日の鶴岡八幡宮における放生会である。この放生会は岩清水八幡に倣って頼朝が文治三年（一一八七）に始めた祭礼で、「殺生禁断という仏教思想を借りて幕府が東国の支配者であることを改めて知らしめるという効果」があったという。[1] 建久元年（一一九〇）から一五・一六の二日がかりの行事に発展する。

『吾妻鏡』の建長五年の記事によれば、将軍家は束帯を着用し半蔀の御車で前年の一一月に完成した新御所の西門を出御、若宮大路を北上して赤橋の砌で下車する。先陣の隋兵一〇名、次に前駈（人数不明）、続いて殿上人（花山院長雅・伊藤中将公直）、公卿（顕方）、左右を一一人の警護の武士で固めた御車が続き、御剣の役人、御調度懸と二九名の武士がそれに従う、さらに一〇名の後陣の隋兵が固めるといった、正月の八幡宮参詣と同様の物々しさであり、この行事がいかに重要であったかを示している。車を降りてから御幣奉呈までは正月参詣と変わらないが、放生会では舞楽の奉納があり、将軍家は回廊においてそれを御覧（あるいは正月参詣においても舞楽があったのかもしれない）、さらに同日あるいは翌日に流鏑馬が行われている。

九月以降は、七瀬の祓（建長六年九月四日）、御所南庭にて相撲御覧（正嘉元年一一月一五日）、貢馬御覧（建長五年一〇月一九日、文応元年は二二日）以下、様々な行事で埋められているが、恒例であったどうかは明確ではない。おそらく九月以降、重陽の宴、鎮魂祭、追儺等々の行事や祭祀は宮廷に倣って営まれたはずである。『吾妻鏡』は、主として将軍家の行動が外廷機構に関わるか御所から出御する事例を記しているので、御所内での行事は省筆される場合が多かったと考えられる。

以上が『吾妻鏡』に記録された将軍家の一年間の恒例の行事であるが、それらの行事の意義は以下のように捉えられる。

将軍家の政務

右の諸行事から見えてくることの第一は、鎌倉幕府が将軍家を頂点とする統治機構であることを見える形で演出していることである。それは垸飯、評定始に象徴される。垸飯は将軍家と御家人との間に主従の絆を結ぶ儀礼であり、最も重要な儀礼として年頭に実施されている。評定始は、将軍家の権威と権力とが一体化した将軍家親政を形で示している。実態としてはその形は二代将軍頼家で崩れるが、完全に形骸化したわけではない。

将軍家は傀儡・飾り雛と評されることが多い。しかしこの評言は、将軍家が纏う危うい影を恣意に押し広げて将軍家の存在意義そのものを消失させる見方であり、これほど粗雑な喩えはない。個人としての存在の危うさをいうのであれば、執権職に坐す者とて基本的には同様であろう。祭司王として武士たちの精神を束ねる将軍家が親政を可視的に演出する儀式・儀礼は幕府の政治権力の根源である。儀式・儀礼の呪力が政治機構を成り立たせるからである。しかしそのような将軍家は北条氏にとって危険な存在でもあった。もし将軍家の力が政治という俗権に及べば、世襲的に政権を掌握してきた北条氏の存在はたちまち危うくなる。繰り返される将軍家の追放劇は、権威と権力の親和性に起因する。将軍家は北条氏にとって常に諸刃の剣であった。

評定始は儀礼であるが、形としては臣下の奉った施政の案文を将軍家が披見し決済を下すという、将軍親政そのものである。現実として将軍家がどこまで政務に関わっていたのか、公的な記録からは最も見えない部分である。幕府の行政機構は政所・評定衆及びその下部組織や六波羅探題・鎮西探題などの地方組織によって成り立ち、司法は問注所で軍事は侍所などで司った。建前の上ではその頂点に座すのが将軍家であるが、政務の決定や裁判にどの程度将軍家が関わったのか、その実態の解明は今後の検証を俟つ他はない。しかし幕府の主要な意思決定に将軍家が全くつんぼ桟敷に置かれていたとは思えない。少なくとも主要な案件に関わる文書は御所に上げられたはずであり、建前の上では将軍家親政の形がとられたものと考えられる。そのことを暗示するものとして『吾妻鏡』康元元年（一二五六）一一月二日の記事がある。

　六波羅の飛脚参着す。去る廿七日、丶丶遷化す。院の御妹将軍家御軽服。よつて政務を閣《さしお》かるるところなり。七ケ日。

後嵯峨院の妹、土御門院皇女が没したことによる服喪により、親王は七日間「政務」を離れたという記事である。先例としては文暦二年（一二三五）四月三日、将軍頼経が兄九条教実の喪のため「政務三日閣《さしお》かる」とある。普段政務から離れていたとすれば、このような記事はありえない。おそらくは政所・評定衆以下の行政機構から御所へ上げられる主要な文書の披見は少なくなかったと思われる。例えば御行の随兵や側近の人選などを司る小侍所の案件は、将軍家の了解が必要であったと考えられる。上に述べたように建長八年の御行始では、供奉の武士三八名は将軍家自身で選定している。

文応元年（一二六〇）六月一六日、小侍所から承認を得べく放生会参詣の供奉人の惣記が執権長時に提出されるが、長時は将軍家に進覧すべきとしてそれを返却した。つまり放生会供奉の取捨を将軍家に仰いだのである。そのようないきさつがあって将軍家は御息所の参宮と時宗以下四人の供奉を命じている。

同年七月には前年の隋兵二名が「自由に」不参（実は子息や弟を代理とした）したことを、御所中雑事奉行の二階堂行方を通じて小侍所の二人の別当、実時・時宗に調べさせている。実時たちは隋兵両名の不参が「自由の計ひ」「私計」ではなかったという調査の結果を記した書状をしたためたが、提出するに先立ち工藤光泰に付して相州禅室（時頼）の披見に及んだところ、時頼は「すこぶるもって厳重に似たらんか」といい、工藤光泰・平岡実俊の両名を行方に付けて口頭で陳謝するのが穏当だとして書状の提出を取りやめさせるといういきさつがあった。「厳重」というのは書状の内容が建前を重んじすぎて角が立つという意であるらしい。『吾妻鏡』に記録されている書状によれば、隋兵ふたりの不参が「所労」であり、そのことは回文に押紙（付箋などを付すこと）によって確認され承認されたものであることを陳述している。

時頼が懸念したのは、決して「私計」ではなかったことを陳述した後に続く「以前の両状、かくのごとくの由覚悟し候。ただし胸臆の申状、御信用に足らず候はんか。しかれどもかくのごときの事、先々御書を下すに及ばず候ふの間、……」という文面であろう。実時・時宗の署名のあるこの書状の宛先は当然御所中雑事奉行の二階堂行方である。「以前の両状」が「回文」のことであろうから「胸臆の申状」とは不参した隋兵の申状のことになるが、信用できないのかという言辞は直接の相手が行方であったにしてもただ事ではない。「先々御書を下すに及ばず」とは、今後このような要求を御所中雑事奉行から小侍所に下すに及ばないの意かと思われる。いささか不明瞭な点はあるが、明らかに将軍家の介入を拒んだ言い方である。小侍所の別当として鬱積する思いがこもっている。なお、一一歳の若さで小侍所別当に就任した実時はこのとき三七歳の壮年であり、先達として一〇歳の新任の別当時宗を指導した。後に六浦庄の金沢に引退して金沢文庫を創設したのがこの実時である。両人は後に親王の命運を握る役割を演ずることになる。

将軍家が接することのできるのは御所に仕える武士たちであり、多くは小御所の配下に置かれる御家人たちである。親王は身近に仕える彼らを掌握する事から鎌倉に自身の居場所を築く他はない。親王が意欲的に供奉の人選を自ら行ったのは、将軍家として強い自覚に発するものであった。しかしそれは小侍所という組織の行動原理とは必ずしも調和しなかった。親王の振舞いの根底には将軍家親政の願望がある。端的に言えば両者の軋轢は、将軍家の権威と北条氏の権力との微妙なバランスに関わっている。後に親王と時宗の決定的な決裂に発展していくことになる。

頼経の時代にも将軍家が臣下の訴えを裁くという注目すべき出来事があった。仁治二年（一二四一）六月一六日、広津三郎兵衛尉実能と同弥三郎が、郎従の事によって訴論に及び、清原満定が当座において御教書を書き、執権泰時が加判したものを将軍家自ら実能に授けたという（『吾妻鏡』）。この訴訟がどうして門注所ではなく、将軍家自らの裁きとなったのか、また訴訟の具体的な内容は不明だが、御家人に多い領地の争いなどではなく、将軍家の警護などを司る小侍所にかかわる揉め事であったのではないかと想像される。将軍家の権力の発動が垣間見える例である。政治とは無縁の風雅三昧によって将軍家の日々が埋められることはありえなかったことを右の記事は語っている。

周知のように、幕府からの命令は関東下知状・政所下知状・御教書などの文書で通達される。それには執権や連署の署名がなされるが、様式として文書の末尾は「依将軍家仰、下知如件」「依仰執達如件」などと記され、儀式などと同じく将軍家親政を可視的に表出している。『吾妻鏡』の引用する御教書を一例挙げておく。

御教書に云はく、

奥の大道の夜討・強盗の事、近年蜂起するの由、その聞えあり。これひとへに地頭・沙汰人等が無沙汰の致すところなり。早く所領内の宿々に直人を据ゑ置き警固すべし。かつは然るごときの輩あらば、自他領を嫌はず、見隠すべからざるの由、住人等が起請文を召され、その沙汰を致さるべし。もしなほ御下知の旨を背き緩怠せしめば、殊に御沙汰あるべきの状、仰せによりて執達件のごとし。

建長八年六月二日

某殿

建前上このような書式の下知状が下される。実際の審議・決定そして案文の制作は、官僚機構によってなされるが、形の上では将軍家の「仰せ」に従っている。このような下知状は最後に将軍家へ上げられ、将軍家がそれを「聞こし召す」あるいは「御覧」といた手続きを踏んだに違いない。

建長八年（一二五六）の正月、御行始の供奉の武士を親王自ら選定している。親王が自らの意思を初めて主張した記事であるが、将軍の供奉とその序列は鎌倉武士にとってはこの上なき名誉であり、存在の証でもあった。この月、将軍供奉はこの御行始と鶴岡八幡参詣の二度あったが、一七日になって、伊東祐泰がそれに漏れたことを憂い、時頼になにか子細あってのことかと愁訴、また女房を通し言上したところ、親王からは「自然《じねん》に漏れをはんぬるか」の旨が仰せ下されたという。訴えが認められて、祐泰は八月の放生会の供奉に加わり名誉を回復している。

将軍家の供奉は武士にとって名誉でもあり、重い義務でもあった。将軍家を取り巻く側近や御所に仕える武士たちの人選も、将軍家の「政務」の具体例の一つであるが、将軍の供奉を司る小侍所との摩擦も生んだ。

神祇と鎌倉

次に重視すべきは、鎌倉政権が鶴岡八幡（更には二所）という神祇の神聖を根拠にしていることである。鶴岡八幡宮は康平六年（一〇六三）、前九年の役で奥州を平定した源頼義が岩清水八幡宮を勧進して由比ガ浜に祀り、治承四年（一一八〇）鎌倉入りをした頼朝が現在地に遷宮して以来、武家の都市鎌倉の中軸となり、武家の精神的な拠り所として篤い信仰を集めた。幕府政権の神聖の証である。鎌倉という武家政権の都はこの鶴岡八幡宮を中心に築かれた。将軍家の御所は大倉幕府から宇津宮辻子《ずし》へ更にそれに隣接する若宮大路御所へと遷るが、いずれも八幡宮に隣接または程近い。京において御所が聖空間であったように、八幡宮を中心とする鎌倉の政庁はもっとも神聖な場所であった。

三方を小高い山で囲まれ南の海に開かれた鎌倉は天然の要害の地である。つまりはあらゆる穢れが山と海によって遮られ、清浄を保つにふさわしい地形である。山陵部には外部とつながる七つの切通が設けられ、そこが境界の地となっているが、中心の聖なる空間から排除された穢れは境界の地に押しやられながら、鎌倉という都市はバランスを保っていた。例えば極楽寺

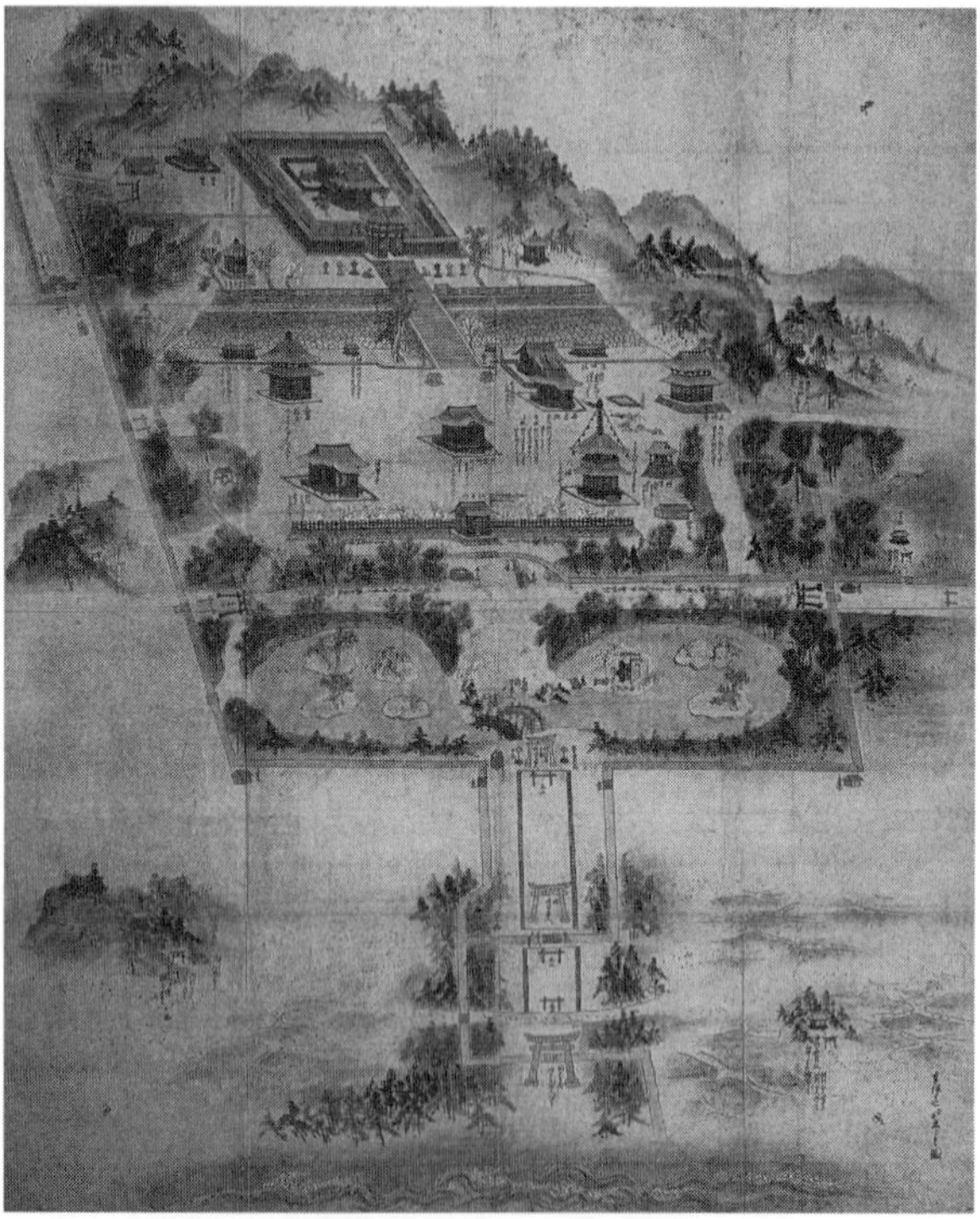

鶴岡八幡宮　享保 17 年境内絵図

坂という境界の地では悪疾を負った人や障害者など、いわゆる共同体から排除された人々が蝟集した。それらの人々の救済と福祉事業にあたったのが極楽寺である。当時といえども社会的弱者は決して見捨てられたのではなかった。その時代なりにもっとも合理的な福祉政策が常に試みられていたのである。

現実の社会は常に闇を抱え込んでいるが、それを周囲に排除しながら、社会の中心は常に神聖でなければならない。穢れなき政治権力こそ統治の礎である。それを保証したのが神祇であり、鎌倉では鶴岡八幡宮に他ならない。将軍家の営む最も重要な神事が鶴岡八幡宮の参詣であったことはいうまでもない。

この八幡宮を基点にして東に大倉御所が築かれ、鎌倉という政権の府は概ね東西に連なる都市構造であったが、御所が八幡宮から南に伸びる若宮大路の宇津宮辻子に移った将軍頼経の時代から概ね南北に展開する構造となった。また宇津宮辻子の御所の置かれた若宮大路の東側に対して標高も低く開発の遅れていた西側も次第に拓けて南北への展開はいっそう進み、若宮大路が鎌倉の中心軸の様相を呈するようになった。

八幡宮が神祇の中心であったのに対し、長谷にある鎌倉大仏は信仰のもうひとつの拠点である。当初は木像の大仏であったが、現存の金銅の阿弥陀仏は親王が鎌倉入りした建長四年（一

大仏切通

月下の大仏（高木治恵氏撮影）

二五二）に鋳造開始、文応元年（一二六〇）ごろ完成した。阿弥陀如来は八幡神の本地仏であり、大仏は幕府の関与のもと鎌倉の守護神鶴岡八幡宮の分身としてあらたに鎌倉の西方に造顕されたのではないかといわれている。[2]執権時頼の支援は否定できない。時頼はすでに建長五年（一二五三）蘭渓道隆を開山として、わが国最初の禅の道場である建長寺を八幡宮の北方山ノ内に創建していた。武士たちの間に浸透した禅宗の拠点である建長寺は鎌倉の北の守りでもあった。宗尊親王は鎌倉という政権の府が新たな構えを取りつつ発展、変容する姿を見たことになる。

八幡宮参詣は将軍家の重要な神事であるが、それに劣らず重視されたのは二所詣である。伊豆山神社、箱根神社そして三嶋大社を巡る二所詣は、後白河法皇の熊野詣を倣ったものといわれているが、伊豆山神社は頼朝が旗揚げに際して戦勝祈願をしたのがこの神社であり、北条政子との逢引の舞台としても知られている。箱根神社・三嶋大社も頼朝が深く信仰し、これら三社への参詣は八幡宮に準ずる幕府の祭祀として重んじられた。「御成敗式目」の起請文に「梵天帝釈・四大天王、惣日本国六十余州大小神祇、別而伊豆箱根両所権現・三島大明神・八幡大菩薩・天満大自在大神・部類眷属・神罰冥罰各可罷蒙者也。仍起請如件。」と記されている。この起請文はあらゆる神々に対してなされる願文であるが、「別して」としてこの三社が上げられている。

2　鎌倉文化における〈武〉と〈文〉

将軍の権威の精髄はいうまでもなく〈武〉である。垸飯などで将軍家に御剣・御弓・御鎧・御行騰・沓・御馬が奉られる儀礼、弓始、的始、流鏑馬などの行事は、幕府が武力集団の組織であることを示している。それらの儀礼や行事は武術の練成であるとともに神事として営まれたのである。特に流鏑馬は鶴岡八幡宮に奉納される重要な神事であり、武術が神霊の可視的な発動であったことを示している。それらの儀礼化された武術は、朝廷の武官が営む射礼・射遺・賭射・射場始、競馬などの宮廷儀礼を継承発展させたもので、それが幕府の武家たちによって恒例化されたことは、武家政権自立の精神を物語っている。権威としての〈武〉ももともと朝廷が草創以来に育んだものであり、決して武家の専権ではなかった。

現在の流鏑馬神事
（鶴岡八幡宮提供）

〈武〉の儀礼は将軍家の権威を象徴するが、

鎌倉の権力があくまで朝廷の権威を根拠にしていることを示すものである。当然のことながら朝廷の権威は〈文〉の行事の側に顕著に現れる。鶴岡八幡宮や将軍家を迎えての宴などで催される管弦・歌舞はいうまでもなく、将軍御所での蹴鞠は、雅《みやび》が遊戯と結びついた宮廷文化の代表である。蹴鞠は高度な身体能力と鍛錬を要するが武術ではなく、雅麗なる遊戯であり、勝敗を競うものではなく、目指したのは技の優美さであった。

鎌倉での蹴鞠の指導者は、新古今歌人であり蹴鞠の名手であった飛鳥井雅経に始まる。雅経は飛鳥井流蹴鞠道の始祖である。頼朝に和歌・蹴鞠の才を愛され、頼家・実朝の師として親交を重ねた。その子の教定も、頼経・頼嗣、宗尊の三代に祗候した関東廷臣である。さらに教定が北条実時の娘との間に儲けた雅有も、父と同様和歌・蹴鞠の指導者として宗尊親王に重んじられた。

武家の府である鎌倉において、蹴鞠という王朝の雅が花開いた意義をどのように捉えるべきであろうか。和歌と蹴鞠に没頭した実朝に対し、下野の御家人長沼宗政が「当代は歌鞠をもつて業となし、武芸廃るるに似たり。女性をもつて宗となし、勇士これ無きが如し」（『吾妻鏡』建保元年九月二六日）と批判したことはよく知られているが、建長六年（一二五四）閏五月一日には、御所において催された酒宴において、親王の近習を前に時頼は以下のように述べ、相撲の勝負を促したという。即ち「近年武芸廃れて、自他門共に非職才芸を好み、事に触れてすでにわが職の礼を忘れをはんぬ。比興といひつべし。しかれば弓馬の芸は、追って試みの会あるべし。まづ当座において、相撲を召し決せられ、勝負に就きて感否の御沙汰あるべきの由と云々」と。近年は武芸が廃れてみんな遊芸に流れ、武家の本来の礼が忘れられている。まことに比興（ゆゆしいことと）である。弓矢の催しはいずれあるだろうから、さしあたって相撲の会を招集なされ、勝敗にしたがってお褒めやお叱りの沙汰があるべきでしょう、という趣旨で、近習たちを叱責するというより、親王を諭す言い方になっている。

この申し出によって、近習の中には「逐電」「固辞」する者があったが、小侍所の別当実時が奉行となって、「遁避の輩」においては、永く仕えるべからずと再三申し聞かせたため、近習たちはやむなく手合わせすることとなった。親王は殊に「御入興」で、勝者や持には御剣・御衣を賜い、敗者には大器による罰杯三杯を課したという。

「非職才芸」とは武家の職に対する王朝の雅事、和歌・蹴鞠の類である。しかし長沼宗政や時頼は決して和歌や蹴鞠を否定したのではなく、あくまでそれに偏りすぎる風潮を批判したのである。

鎌倉の武家たちが王朝の雅を身に帯びることは、武家が朝廷の権威を〈文〉を通して受容することであり、それによって武家の本領たる武もより洗練された文化として磨かれることになる。宮廷の文化は武家政権の重要な根拠に他ならない。宗尊親王はそのような意味で輝く存在であった。親王の周辺は諸芸の輩で固められていた。文応元年一月二〇日、御所の中に昼番衆が置かれ、そのうち壮士においては「歌道・蹴鞠・管弦・右筆・弓馬・郢曲以下・全て一芸に堪ふるの輩」を当て、時に応じて御用を命じるために結番をすることになった。各一三人の番衆を一グループとして六番、一日二四時間を二時間ずつ二回御所に詰めて御用を拝するという仕組みである。例えば一番は、子の刻（零時から二時）と午の刻（一二時から一四時）の奉仕となる。この昼番衆の一番には若き時宗、三番には兄の時輔が加わっている。

外村展子の調査によれば、この時の昼番衆の内、勅撰集に入集した歌人は、安達顕盛・宇都宮景綱・北条時広・北条清時・長沼宗泰・北条義政・嶋津忠景・北条時村・安達長景・後藤基政・後藤基隆・後藤基頼の一二人に上り（五番の藤原為成が続拾遺集一二五四の為成であるとすれば一三人）、鎌倉の御家人層へ和歌が浸透していったことを示している。[3] また、新古今から新続古今までの勅撰集に撰入された武家歌人と歌数を精査した西畑実によれば、北条氏五八名・四三六首、宇都宮氏一一名・九七首以下多数に上っているが、幕政の枢機にある北条一門が他の御家人を圧倒しているという。[4] 他の御家人を圧倒する北条氏の和歌への傾倒ぶりに関して田渕句美子は、歌会などに出詠はしても、公的な大歌会を主催することも撰集を企画した痕跡も見られず、詠歌のたしなみはありながら勅撰集に入集しない執権（義時・経時・時頼・時宗）もあるという複雑な面を指摘しつつ、宇都宮歌壇の詠を含めて、頼経時代以降「権威や規制を積極的に移植したためか、その枠組みのもとに均質化しがちで」、総じて「伝統的な枠組が大きく破られることはないままに堅持された」という。[5]

昼番衆の設置で注目すべきは、武家の「職」である「弓馬」が歌道・蹴鞠・管弦など対立することなく「一芸」に含まれていることである。将軍家が「一芸」の輩を身辺に置いたことは、実朝の建暦三年（一二一三）二月二日、祗候人のうち芸能の輩を選んで、学問所の当番を定めたことに先蹤があり、親王はそれを再興したことになる。

3　源氏物語と鎌倉

源氏物語が鎌倉において最ももてはやされたのも親王の時代である。建長六年（一二五四）一二月一八日、御所において光源氏物語の御談義があり、河内守源親行が担当している。親行は将軍頼経以来鎌倉に仕え、父の光行とともに源氏物語の校訂本の河内本を制作した関東廷臣であった。この河内本と定家の校訂した青表紙本が源氏物語の二大写本とされている。皇族将軍である宗尊は光源氏の面影に重ねられ、王朝の雅を鎌倉に顕在化した貴公子として御家人たちの憧憬の的となっていったと思われる。

「若紫」（佐藤平八氏画）

なお、親王の在位中のいつかは特定できないが、将軍家に伝わる、源有仁・藤原忠通が詞書を書いた二十巻本源氏絵を御前の屏風に色紙型に写したことが「源氏絵陳情」によって知られている。描き取ったのは女房の弁の局・長門の局で、奉行人は二条兵衛督（飛鳥井教定と考えられている）であった。この源氏絵に対して小宰相の局が物語との食い違いを取り上げ厳しく批判する。対して兵衛督と二人の女房が権威ある本に基づいたものであることを主張し陳情を草して親王の裁断を乞い、さらに小宰相の局が浮舟・花の宴の巻における誤謬を指摘して同じく親王の裁断を仰ぐという内容である。[6] 小宰相の局は宮内卿家隆の孫（娘とも見られている）にあたる後嵯峨院時代きっての才媛で、後嵯峨院の祖母の承明門院や父の土御門院に仕えたので承明門院小宰相または土御門院小宰相とも称された。親王に仕えた頃は六〇代の高齢であり女房たちを仕切る立場にあった。勅撰集に三九首入集。親王の命による三十六人大歌合・文永二年八月十五夜歌合などの歌人である。

源氏絵をめぐっての小宰相と女房たちとの論争の公開は、鎌倉での源氏物語の浸透が図られる中で発生した出来事であるが、源氏物語こそ宮将軍の正当性を保証するイデオロギー装置であったといわれている。小一条院（三条天皇の皇子敦明親王）や輔仁親王（後三條天皇の皇子）など不運にも皇位を践《ふ》めなかった皇子を、源義家の子孫の源氏が支援し続けた心、いわゆる廃王伝説が頼朝の血脈の絶えた後も鎌倉に生きつづけており、それが得宗北条氏を将軍にさせなかったという。また、源氏物語絵詞書の筆者源有仁は輔仁親王の子で、源氏物語はみずからの源氏たる由縁を解き明かす神話であったが、その絵巻を写して新作屏風を作ることで、親王は有仁を模倣し、光源氏の再来を演じたのだという。[7]

源氏物語が後の貴族のみならず、武家の社会にまで浸透していったのは、宮廷における振舞いや有職故実を知る実用書でもあったからだという指摘がある。[8] 私歌に限っていえば、源氏物語は詠歌の手引書であり、何よりも本歌取りの宝庫であった。

臣籍降下こそしなかったが、親王は第一皇子でありながら皇位を践めなかった皇子であり、すでに取り上げたようにその生い立ちの類似や貴公子ぶりにおいて、光源氏の再来とも見られていた。光源氏がその高貴と権威の証としてミヤビを身にまとったように、親王は御所を宮廷文化の拠点にしようとした。親王が重んじたのは宮廷文化の精髄たる和歌である。

将軍であり優れた歌人である親王は鎌倉においてどのような可能性を求めていたのだろうか。それが親王にどのような運命をもたらしたのだろうか。以下の考察はそのひとつの答えである。

注

1　高橋慎一郎『武家の古都・鎌倉』山川出版社　二〇〇五年八月
2　高橋慎一朗『日本史リブレット21　武家の古都、鎌倉』山川出版社　二〇〇五年八月
3　外村展子『鎌倉の歌人』かまくら春秋社　一九八六年一月
4　西畑実「武家歌人の系譜―鎌倉幕府関係者を中心に―」『大坂桐蔭女子大学論集』10　一九七二年一一月　なお、同論文は武家歌人の修辞的特質をも検証している
5　田渕句美子「関東の文芸と学芸」『岩波講座　日本文学史』第五巻「十三・十四世紀の文学」一九九五年一一月
6　寺本直彦「源氏絵陳情考（上）―忠通ら筆二十巻本源氏絵に関する稲賀氏の仮説について―」

『国語と国文学』41巻9号　一九六四年九月「源氏絵陳情考（下）―本文・白拍子・成立・小宰相の局」『国語と国文学』41巻11号　一九六四年一一月

7　三谷邦明・三田村雅子『源氏物語絵巻の謎を読み解く』角川書店　一九九八年一二月

8　織田百合子『源氏物語と鎌倉―「河内本源氏物語」に生きた人々―』第二章論考（二）『源氏物語』二大写本に秘めた慰藉」銀の鈴社　二〇一一年一二月

第三章　歌壇と歌人宗尊親王

1　宗尊親王の時代の歌壇

新古今の残映の中で

後嵯峨院は仁治三年（一二四二）即位、四年後の寛元四年退位して院政を敷き、文永九年（一二七二）の崩御であるから、宗尊親王の一生はほぼ後嵯峨院の時代と重なっている。承久の乱から二〇年、衰退していた王朝文化が華やかに再現され、綺羅を尽くした行幸や宮廷行事がくり返し催されたのが後嵯峨院の時代であり、王朝的なものの集成、典型化の時代であったとも言われ[1]、王朝の白河院政期を規範的に志向したともいわれている。[2]

宗尊親王が鎌倉将軍に就任した建長四年（一二五二）は、新古今集が成立してからおよそ半世紀、新古今の撰者たちも世を去ってすでに子や孫へ世代交代も進んでいた。五人の撰者のうち、最も遅くまで生きた定家が没したのは仁治二年（一二四一）、宗尊親王の誕生はその翌年であった。

武家の台頭にともなって凋落の色合いを帯びはじめた貴族たちは、高度に洗練された王朝文化の残映に寄り縋った。久しきにわたって武を制してきた王朝文化を武器に延命を図るしかなかった。中世の貴族文化の輝きにはある種の虚しさが付きまとう。しかし虚妄を背景にした時、美は落日の残光のように輝く。新古今和歌集はそのような意味でまさに美の極致であった。優れた文化は、様々な要因が結集しなければ成立しない。時代の機運・伝統の継承・優れた才能・傑出した指導力・財力、そしてなによりも創造への情熱など、あらゆるものがひとつに契合するという希有な瞬間が必要不可欠である。

新古今集はまさにそのような時代の記念碑であったが、そうした新古今の残映のなかにあって、背負った物の重さに呻吟しながらも、歌人たちはさらなる境地を求めていった。定家以降も御子左家が歌道家の主流でありつづけ、定家の長子の為家が衣鉢を受け継いでいた。詞は古きを慕い、心は新しきを求め、寛平以往の歌に習いつつ余情妖艶なる風情を求めて「本歌取り」という技法を確立したのが定家であった。子の為家はそれを継承しつつ定家の本歌取りから外れていき、「心」の新しさに関しては消極的で慎重であったことなどが指摘され[3]、定家の凄絶なる覇気と麗質に比べて温厚中庸の人物と見られてもおり、歌学に現れている為家の古典主義が定家に比べて後退しているという指摘があるが[4]、近年ではその優れた才能・資質が見直されている[5]。人間的に幅のある魅力ある人物であり、晩年に詠歌への意欲を失った定家に対し、為家は最晩年に至るまで意欲を持ち続けたともいわれている[6]。為家は輝かしい定家の陰に埋没させるべき歌人ではなく、今後見直さなければならないが、定家のように対立する勢力を圧倒するだけの覇気は乏しかったようである。

反御子左家の台頭

中世歌壇の大きな出来事として特に知られているのは、寛元四年（一二四六）一二月の、雪・恋・祝三題による三九番の『春日若宮社歌合』である。判者は三位入道蓮性（知家）が勤めている。蓮性は六条藤家の歌人で、顕輔の曾孫。定家没後、為家・家良・真観（光俊）らと寛元元年（一二四三）『新撰和歌六帖題』に参加したが、やがて為家に反発、光俊（真観）らと共に反御子左派の中心となった。蓮性を中心とした、弟の顕氏以下六条家一門、真観とその一族、信実の一族などで、為家以下御子左家の歌人を完全にしめ出した最初の歌合であることから、いわゆる反御子左派の旗上げの意味をもつと説かれている。宗尊親王の歌道師範となった真観は蓮性とともに定家に師事したが反御子左派の主要な歌人であった。

そのような対立勢力を向こうに、後深草天皇の宝治二年（一二四八）、後嵯峨院の命によって為家は続後撰集の撰者となり、建長三年（一二五一）に奏覧。父定家が撰んだ新勅撰集を古今集に見立て、自らの撰集を後撰集に擬えたといわれている。宗尊が鎌倉に下向したのはその翌年である。時の歌壇第一人者の地位が名実ともに揺らいだのは次の勅撰集、続古今集の時である。院宣が為家に下ったのは亀山天皇の正元元年（一二五九）三月であったが、病と老衰に悩んで為家の撰集が滞って三年を経過中で、弘長二年（一二六二）同院の勅宣により、九条内大臣基家・衣笠内大臣家良・六条行家、そして真観の四名が選集に加わることになった。その経緯は後嵯峨院の評定衆の藤原経光の日記『民経記』に詳しい。

基家は有力な新古今歌人九条良経の三男、家良は当代歌壇の長老的な存在であったが奏覧を俟たず没した。行家は蓮性（知家）の子、父が勧進した春日若宮社歌合にも参加した。宗尊親王の権威を背景に勢力を伸ばしてきた真観の画策の結果と考えられている。[7] そのために歌道の第一人者である為家の地位に揺らぎが生じたことは否定できない。面目を失い撰集の気を削がれた為家は専ら嫡男である為氏に撰集作業を任せたという。為家はいうまでもなく、続古今集の撰に加わった四人も、師範である真観以下宗尊親王の歌道の師というべき歌人である。

反御子左家が目指したものはその成果は別として歌の革新性である。反御子左派の歌を批判した源承の『和歌口伝』から、彼らの歌の特質が見えてくるのだが、反御子左派の歌風を検証する論の中で、福田秀一は『和歌口伝』の批判を手がかりに、表現の自由を狙い、趣向に傾き過ぎる傾向があり、本歌取や禁制の詞について御子左歌学から比較的自由で、万葉を本歌にする場合が多い、と分析している。[8] 特に万葉集との関係は親王の歌の顕著な特質であり、真観からの影響の最も強い点である。

鎌倉と和歌

和歌は頼朝をはじめ関東の武家にも浸透していき、特に優れた歌人であった三代将軍実朝を中心に鎌倉歌壇が成立したが、それを支えたのは歌鞠二道で関東に祗候した飛鳥井家や源光行などである。新古今歌人である飛鳥井雅経と鎌倉との因縁は、義経に親しかった父の配流に連座して鎌倉に護送されたことにある。頼朝は和歌・蹴鞠に傑出した雅経を重んじ、師として遇することになり頼家や実朝もその薫陶を受けることになった。後に罪を赦されて帰京し、後鳥羽院の近臣として累進、従三位参議に至り、新古今集の撰者に名を連ねることになった。その子教定も和歌・蹴鞠の師として頼経・頼嗣そして宗尊に仕えた。

源光行も平家方であった父の光季の助命嘆願のために鎌倉に下り、その才学を頼朝に認められ、後に政所の初代別当を勤めた異色の人である。承久の乱に際しては子の親行とともに院側に属したが、才を惜しまれて罪を赦されている。源氏物語の研究者で、注釈書『水原抄』を著し、「河内本」と称される本文を定めた。子の親行は承久の乱以前に政所別当の父と交代で鎌倉に下向、家業である源氏物語の研究を受け継ぎ「河内本」を大成した。和歌奉行を担当して実朝から宗尊に至る歴代将軍に仕えた。和歌に加えて源氏物語を鎌倉に浸透させたこの父子の業績は測り知れない。

京の文化は右のような廷臣たちによって鎌倉にもたらされ、武家もそれにこたえて多くの歌人を輩出した。実朝の周辺では、北条義時・時房・時政・泰時、東重胤・胤行父子、和田朝盛・結城朝光・二階堂行光・行村・伊賀光宗などの御家人、頼経時代には、関東歌道家の礎となった後藤基綱とその子基政[9]や時房・泰時・資時・政村などの北条氏、光西（伊賀光宗）・素暹（東胤行）以下、多くの有力御家人が歌壇に登場する。

親王を支える歌人達

将軍宗尊の歌の師や親王を取り巻く主たる歌人は、鎌倉に下向し師範となった真観（藤原光俊）・和歌・蹴鞠を家芸とする飛鳥井教定・雅有父子、源氏物語の学者源親行、執権時頼の蹴鞠の師で歌人でもある難波宗教・紙屋川顕氏・一条能清や、側近の（土御門）顕方や藤原（花山院）長雅、掃部助範元、幕府草創期の功臣である大江広元の子孫である大江忠成（広元の子息）・大江頼重（広元の曾孫、泰重の子息）、そして鶴岡八幡宮別当の隆弁以下多数に上る。

真観（光俊）は和歌を定家に学んだが、後に六条家の系統の知家などと共に御子左家の為家と対立する。真観はすでに康元元年（一二五六）関東に下向しているがこの年以降もしばしば鎌倉に下り、宗尊親王の歌道師範として鎌倉歌壇をリードした。

飛鳥井教定は上に述べたように、子の雅有とともに親王に近侍した。雅有は源氏物語の学者としても知られる当代の代表的な歌人のひとりで、母は北条実時の娘（尊卑文脈は源定忠の娘）。姉は為世の母である。文応元年（一二六〇）二月、親王御所の廂番に選ばれ、『宗尊親王家百五十番歌歌合』に参加している。家集『隣女集』や晩年の為家を嵯峨の山荘に訪ねた『嵯峨の通ひ路』や『春の深山路』など五編の日記がある。雅有は親王より一歳年上の同世代であり、近臣というより友人に近い存在であったと思われる。親王の将軍就任以後、建長年間後半以降に下向して幕府に仕えたと推定される。[10]

紙屋川顕氏は九条顕家の子、兄に知家（蓮性）がいる。真観と同じく六条藤家の流れを引く反御子左家の歌人、藤原頼宗流の一条能清は弘安元年亀山院百首の作者で、いずれも優れた勅撰集歌人である。掃部助範元は陰陽師清原宣賢の孫で幕府の陰陽師を勤め歌人として親王に近侍した。[11] 鶴岡八幡宮別当隆弁は、権大納言藤原隆房の子。三井寺に入り大僧正となった。続後撰集以下に二五首採られ、鎌倉歌壇の重要歌人であった。

歌人としての力量や歌壇的な地位において、師として強い力を持っていたのは真観であったが、親王の和歌に投じた真観の影は必ずしも決定的ではなかった。親王はバランス感覚の優れた歌人であり、いずれも一家言を持つ多くの歌人たちの声に、虚心に耳を傾けつつ成長していったように思われる。

真観は親王に大きな影響を与えた歌人であるが、師として最も重んじられたのはやはり御子左家の為家（融覚法師）であったと思われる。為家以下『宗尊親王三百首』の点者として名を連ねる九条基家・西園寺実氏・九条家良・藤原行家などの京の歌人も親王にとっては歌道の師であった。

京の公家歌人や京下りの廷臣の他に関東には親王を取り巻く多くの武家歌人がいた。北条氏だけでも勅撰集入集歌人は、五八名に上っていることが知られている。宗尊将軍時代の勅撰集である続古今集に採られた故人を除く関東歌人を取り上げてみると、政村・長時・時広・時茂・重時（弘長元年死去）・時直・義政・時親・真昭（北条資時）・行念法師（北条時村、資時の兄）・権律師公朝（朝時の猶子・藤原氏）などの北条氏、後藤基政、素暹（胤行）、惟宗忠景・宇都宮蓮生・同信生・道円（小田氏）・宇都宮景綱・秋田城介頼景・最信（足利氏）などである。

北条政村は第七代執権を勤め、得宗家の時頼から嫡男の時宗へと執権職を受け渡す役回りを演じた人物で、時頼亡き後、第二代執権義時の子である政村は幕府の長老として重んじられた。北条氏では群を抜いて多く新勅撰集以下の勅撰集に三六首入集している。歌壇の関係のみならず親王の命運を握る人物として注目される人物であった。後藤基政は鎌倉歌壇を取り仕切った歌人の一人である。

素暹は俗名東胤行、父の重胤とともに著名な歌人であり、武勇にも優れていた。重胤が下総に在国して帰鎌に遅参して将軍実朝の怒りを買ったが、歌を贈って赦されたという逸話があるが（『吾妻鏡』建永元年一一月一八日・一二月二三日の条）、胤行にも実朝との間に同様な話が伝わっている（金槐集六一七）。親王は素暹を敬愛していたらしく臨終近い素暹と歌を交わしている。（新後撰集一五一六、七）。

親王は右のように多くの歌人によって支えられていた。鎌倉に幕府がひらかれておよそ半世紀、その間熾烈な権力闘争に明け暮れたが、次第に薫り高き京の文化を帯びる生き方を武士たちは求めるようになった。特に北条氏の最大のライバルである三浦氏を亡ぼし、鎌倉政権が安定期に入った時頼の時代には一層京文化への憧憬は深まったと考えられる。親王将軍はそうした武士たちの願望を収斂する形で成立した。将軍御所はまさに時代の脚光を浴びて輝いたことになる。

宇都宮歌壇

宗尊親王の時代にほぼ重なって、同じ関東の地に宇都宮頼綱（蓮生）や笠間時朝によっていわゆる宇都宮歌壇が形成される。頼綱は北条時政の娘を妻とした関係から、時政と牧氏の陰謀に加担したとして罪を問われるが、出家して赦され実信房蓮生と号して法然の弟子の証空に師事する。後半生は京で過ごし定家などの有力歌人と親交を結んだ。

定家の嫡子為家の室は頼綱の娘で、為氏・源承・為教を生んでいる。頼綱の弟の塩谷朝業（信生）も有力歌人で、実朝に近侍したが、実朝の死を契機に出家して兄と共に証空の弟子となった。朝業子息の常陸笠間の時朝も宇都宮歌壇の有力歌人である。正元元年（一二五九）ころ成立した『新和歌集』は時朝撰かといわれている。蓮生・時朝以下の宇都宮氏の歌や実朝以下の鎌倉歌壇の歌、定家・為家などの京の歌人の歌を収めた宇都宮歌壇の記念碑的な撰集である。

京を中心に鎌倉歌壇と宇都宮歌壇が形成されたが、鎌倉は宇都宮と違って、一地方の小京都的な歌壇とは異なり、特に宗尊親王の時代においては、京に対抗しうる権威を備え、時に将軍宗尊を頂点にして京と鎌倉が並立するような様相すら呈していた。和歌史の上において将軍宗尊の存在はきわめて重要である。

2　宗尊親王の家集

宗尊親王は三三歳の若さで没したが、その生涯は和歌で埋め尽くされていたといってよい。今日伝えられている家集は、

柳葉和歌集
瓊玉和歌集
中書王御詠
竹風和歌抄

である。

『柳葉和歌集』は、弘長元年（一二六一）から文永二年（一二六五）までの五年間の詠歌を各年に一巻を当てて収録した自撰家集である。文永三年七月、将軍を廃され京に送還される以前の撰と考えられている。計八五三首。

『瓊玉和歌集』は、文永元年（一二六四）一二月に、真観に命じて撰集させた家集で、文永元年一〇月百首の作までを含んでいる。四季と恋・雑に部類して一〇巻に収めている。所収歌五

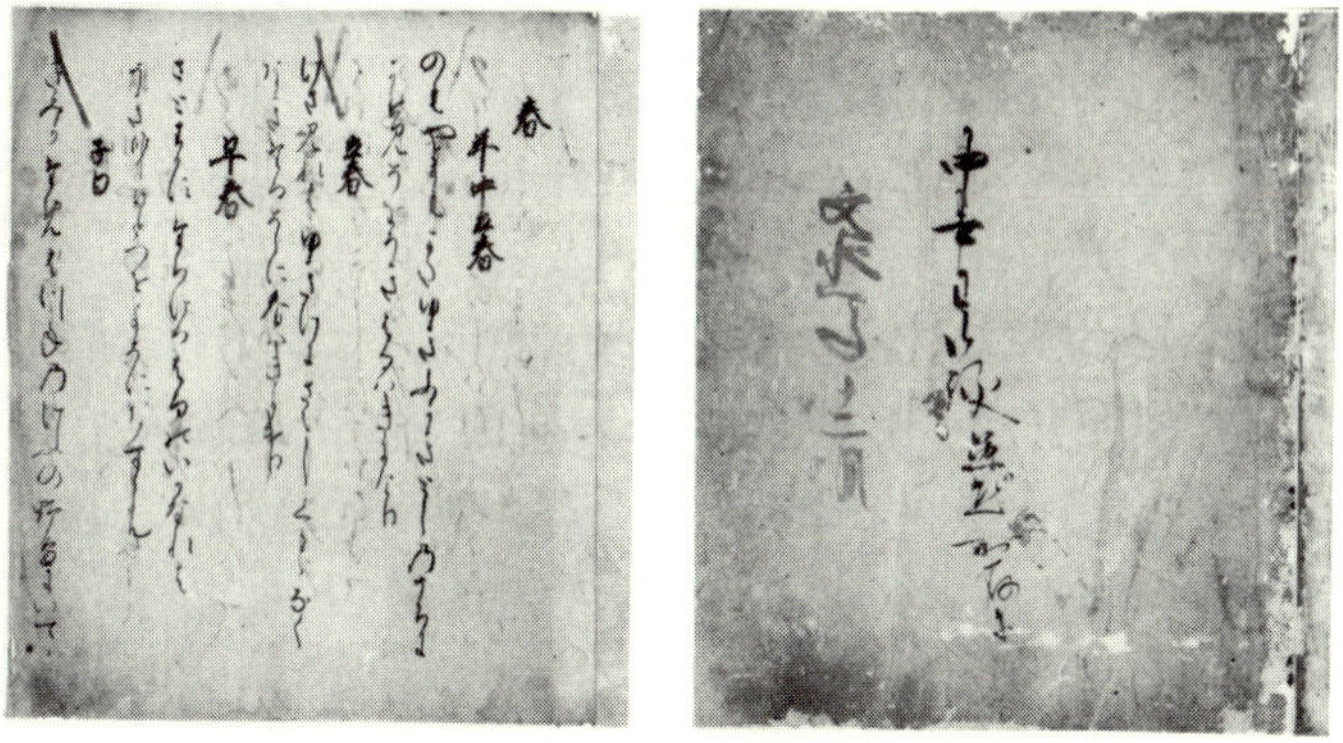

『中書王御詠』巻頭（冷泉家時雨亭文庫蔵）

〇八首。この家集から続古今集に四八首入集している。真観もこの勅撰集に選者の一人として参加しているが、親王の全入集歌は六七首であるから、続古今集とこの家集とは関連が深い。

『中書王御詠』は、文永二年（一二六五）春から文永四年一〇月ごろまでの歌を、瓊玉集と同じく、四季と恋・雑に部類している。現存本は三五八首。将軍を廃された前後の歌を収録しており、親王の悲嘆が痛切な調べに乗せて歌われている。中書王とは文永二年に親王が任官した中務卿の漢名。親王はこの家集を為家に送り批評を乞い、為家はそれに合点や短評を付している。

『竹風和歌抄』は、将軍を廃されて帰京した文永三年八月から、文永九年一一月までの七年間の歌一〇二〇首を収録する。全て定数歌と自歌合で占められる。

『中書王御詠』と八四首が重出している。親王は文永九年（一二七二）後嵯峨院の崩御を機に出家、同一一年に没しているので、親王最晩年に当たる。

右の家集の他に、親王の歌は、文応元年（一二六〇）一〇月六日以前の成立とみられる宗尊親王三百首があり、また、弘長元年（一二六一）の『宗尊親王百五十首歌合』や勅撰集などには家集にない歌もあって、三〇〇〇首を越える歌が今日に伝えられている。[12]また近年現存本とは別系統の親王の家集の断簡と思われる古筆切などが報告されている。[13]

詠歌を今日に伝える歌人としては、同時代では親王の師である為家が他を圧倒しているが、親王はそれにほぼ匹敵している。享年の若さを思えば歌数の密度は突出しているといえよう。

歌人宗尊の業績を検証するには、先ずこれらの膨大な作品に分け入っていかなければならない。今日その作業はほとんど緒についたばかりであり、本書もその糸口を模索したに過ぎない。

注

1　井上宗雄『鎌倉時代歌人伝の研究』第五章「文永二年―白河殿七百首を中心に」風間書房　一九九七年三月

2　佐藤恒雄「後嵯峨院の時代とその歌壇」『国語と国文学』54巻5号　一九七七年五月特集号

3　田村柳壹「和歌の消長」『岩波講座　日本文学史』第五巻「13・14世紀の文学」一九九五年一一月
4　佐藤恒雄「中世歌論における古典主義―俊成・定家から為家へ―」『鑑賞　日本古典文学』第24巻「中世歌論集」角川書店　一九七六年六月
5　岩佐美代子「座談会『和歌文学研究の問題点』『国学院雑誌』一九九五年一月。井上宗雄「冷泉家の歴史(三)」『しぐれてい』第五三号。一九九五年七月
6　田渕句美子『阿仏尼とその時代「うたたね」が語る中世』臨川書店　二〇〇〇年八月
7　安井久善『藤原光俊の研究』「歌人としての閲歴」笠間書院　一九七三年一一月
8　福田秀一『中世和歌史の研究』「第一章　鎌倉中期の反御子左派」角川書店　一九七二年三月
9　中川博夫「後藤基綱・基政父子（一）（二）」『芸文研究』第48・49　一九八五年・一九八六年
10　中川博夫「藤原顕氏について（上）」『言語文化研究　徳島大学総合科学部』26巻　一九九一年三月
11　久保田淳「順教坊寂恵について」『国語と国文学』35巻11号　一九五八年一一月、後に『中世和歌史の研究』「順教房寂恵」明治書院。一九九三年六月に収録。寂恵の事跡についてはの詳細な論考がある
12　中川博夫・小川剛生「宗尊親王家集外集成」（一）（二）（三）『徳島大学教養部紀要』二巻〜四巻　一九九五年二月・一九九六年二月・一九九七年二月。宗尊親王の現存家集および「文応三百首」所集以外の和歌の集成や重出状況を記す。
13　田中登「別本宗尊親王御集について」『和歌文学研究』58号。一八八九年四月。久保田淳『読売

新聞夕刊』一九八八年一〇月一六日など。

第四章　将軍時代の宗尊親王

将軍時代の親王の事跡を和歌を中心に他の主要な出来事を含め、以下のように三期にわけて追ってみた。

1　第一期

幻の『初心愚草』

親王が鎌倉入りした直後の建長四年（一二五二）四月から文応元年（一二六〇　正元二年四月改元）まで、親王十一歳から一九歳までを第一期とする。習作期から自身の歌風を確立していく時期である。その間、『吾妻鏡』の記す和歌の行事は、親王の和歌関係の記事の初見である建長五年（一二五三）五月五日の御所での内々の歌会、康元元年（一二五六）七月一七日の時頼邸での和歌御会、正嘉二年（一二五八）七月一五日御所当座歌合、九月二六日の、九月尽を惜しんでの当座の歌会を記すのみであるが、親王を囲んでの私的な歌会や、親王を迎えての宴などにおける和歌の行事は日常的に営まれたに違いない。弘長三年（一二六三）七月に、建長五年より正嘉元年（一二五七）に至る親王の歌が撰修され、『初心愚草』と称されたが、この親王の初めての家集は残念ながら伝わっていない。

親王の周辺が文雅に彩られ、近習たちも文弱に流れがちであったことは、執権時頼が近習たちに「近年武芸廃れて、自他門共に非職才芸を好み、事に触れてすでにわが家の礼を忘れをはんぬ」と苦言を呈したことによって知られる。親王将軍二年目の建長六年（一二五四）閏五月一日のことであった。親王を中心とした宮廷文化の華やぎは和歌にとどまらなかった。建長六年一二月には御所において光源氏の談義が行われている。講師は河内守親行であった。親行は上にみたように父の光行とともに源氏物語の校訂本である河内本を制作、先の将軍頼経以来鎌倉に仕えた将軍家の近臣である。

歌道・蹴鞠・管弦・右筆・弓馬・郢曲以下・全て一芸に堪ふる昼番衆（正元二年一月に置かれる）などを従えた若き親王の華やかな御所は、武家政権の明るい未来を予祝するものとして、鎌倉武士団に尊重され温かく受け入れられていたと考えられる。親王に先立って一芸に秀でたものを選んだのは、三代将軍実朝であったが（建暦三年二月）、実朝の宮廷文化への憧憬が創業期の余燼がいまだ静まらない鎌倉で浮き上がっていたのに対し、親王将軍の時代、宮廷文化は比較にならないほど鎌倉の地に浸透していた。和歌に限っていえば、すでに多くの御家人たちが勅撰集に名を連ねていたのである。

将軍五年目にあたる正嘉二年（一二五八）、鎌倉に馴染んだ親王は上洛を志したが、自然災害によって諸国損亡、「民間愁あるが故」に延期され、ついに実現しなかった。なお、京から迎えた将軍家の上洛は嘉禎四年（一二三八）一月の頼経上洛の先例がある。在京は一〇ヶ月に及び鎌倉に帰着したのはその年の一〇月末であった。わずか三歳で鎌倉に下った頼経はすでに二十歳を越えていた。

宗尊親王三百首

この時期を代表するものとして、注目されるのは『宗尊親王三百首』（文応三百首・東関竹園三百首・中務卿親王三百首和歌・鎌倉中書王御詠などとも呼ばれる。）で、それに付された資平から為家に送られた書状の日付から、文応元年一〇月六日以前の成立であると推定されている。多くの伝本は、為家の合点と評語のみを有する系統と、それに加えて基家の評語と合点以下実氏・家良・行家、そして真観の合点を付した系統に大別され、前者が御子左家に、後者が反御子左派に伝来していったものという。[1]為家・実氏以外は反御子左派の歌人であるが、当初親王が求めたのは和歌師範の当主為家の加点のみであったものを、反御子左派の強硬な主張が働いて後者の系統の形になったのかと推測されている。[2]この三百首を契機に、京における御子左派と反御子左派の対立が、鎌倉に持ち込まれたともいわれている。[3]

基家は良経を父とし家隆・後鳥羽院を師とした歌人で、高い門地の出であることもあって当代歌壇に重んじられた。続古今集の撰者に真観らと途中から加わるなど反御子左派と目されているが、歌観の上からもそのように決め付けることはできないともいわれている。[4]基家は親王の歌に対して本歌や例証歌を丁寧に挙げ、概して褒め詞が多い。対して為家は「障・罷過」などの評語で、句の不適切を指摘、亡父（定家）の戒めを引用するなどかなり手厳しく、両者の評価にはかなりの違いがあって興味深い。

いかにも親王らしい清新な例を挙げておく

　わたつ海の波の千里やかすむらむやかぬ潮瀬に立つ煙かな

（『私歌集大成』「中務卿親王三百首和歌」一七）

大海の千里の波も霞むであろうか、塩は焼かないが塩焼き煙のように煙っていることだの意で、鎌倉の春の海を印象深く捉えている。この歌には、「あまりのことを申上候。雖其憚候、やかぬしほせなど申候事は、造立てたる事にて、非美麗之詞候歟。」という為家の評が付されている。余計なことですが、はばかりはありますけれども、「やかぬしほせ」は奇抜でしょう。作為がありすぎて、美しいことばとはいえないことになるでしょうかという趣旨で、いささか回りくどいのは評価にためらいがあるからであろう。鎌倉の春の海にはしばしば見られる現象で、一面に水蒸気が立ち上りおぼろに波が霞む。それを塩焼きの煙に見立てて歌っているのである。

その奇抜な見立てに反御子左派の傾向を認めることができるかもしれないが、基本的には実景に即し実感から立ち上がった歌であろう。この歌は続古今に採られている（続古今五一）。

和歌の催しが持たれたという記録はないが、注目すべき重要な行事として、康元元年八月二三日の常盤（『吾妻鏡』は「常葉」に作る）亭入御がある。常盤亭は大仏坂の外側に築かれた鎌倉防衛の拠点のひとつで当時政村の別業であった。後に一日千首の和歌の催しが持たれたように、武家たちの憩いの場ともなっていた。この日公卿の顕方、長雅以下女房に至るまで多くの騎馬や歩行の供奉を従え、親王は輿や車ではなく水干を着し騎馬にて出御した。大仏切通の鬱蒼とした険しい径は、一五歳の将軍のにおうような凛々しさや綺羅を尽くした女房達に彩られることとなった。この日政村をはじめ執権の時頼や重時などは先に渡って親王を待ち受けるという丁重さであった。

現在この常盤亭跡は国の史跡に指定されており、近年の発掘調査で水滴や骰子などが出土している。

2　第二期

鎌倉歌壇の開花

文応二年（同年二月二〇日改元して弘長元年となる）から文永元年（一二六四）年までを第二期とした。親王二〇歳から二三歳まで。

文応元年（一二六〇）暮れの一二月二一日に真観が鎌倉に下着。『吾妻鏡』は「入道右大弁禅門光俊朝臣（法名真観、光親卿の息）京都より下著す歌仙なり」と記し、翌々日の二三日「右大弁禅門（光俊）始めて出仕す。和歌の興行盛なり」と特筆している。親王の鎌倉歌壇の始発をここに置くのは妥当な見方である。[5]真観の師範就任は悲願であった勅撰集撰者に向かっての手段であったと考えられているが、真観が鎌倉に受け容れられたことについて安井久善は「真面目な努力を真正面からぶつけていく生一本」の性格が「単純直截とも称すべき鎌倉の人々の人気を博したゆえんではなかろうか」と述べている。[6]真観の革新性も鎌倉の風土に合ったのかもしれない。やがて親王の権威を背景に続古今集の撰者に加わった真観は、親王の歌を多数入集させることになる。

なお、真観の鎌倉下向に先立って親王御所には華燭の慶事があった。故関白近衛兼経の娘の宰子が時頼の猶子となり、この年三月に御所に入御、露顕《ところあらわし》の儀が盛大に営まれた。宰子の母は九条道家の娘の仁子で、その母綸子の父は西園寺公経である。宰子は後の七代将軍惟康親王と姫宮を産んだ。後述するように親王の運命を決定付ける契機となった女性である。

鎌倉歌壇は真観を迎えて一挙に花開いた。真観が鎌倉で杖を休めてから一月後の文応二年一月二六日、紙屋川顕氏を読師、中御門侍従宗世を講師にして、真観、政村・長時以下の幕府要人や近習歌人の掃部助範元が会して盛大な和歌の御会始が営まれた。次いで二月二八日に百首続歌が催された（『顕氏集』一七三「宮続百首弘長元年二月廿八日」）。続歌とは、題を記した短冊などを分けとって歌人達が詠進した歌を、題の順に組みなおすという歌会様式で、共同制作による定数歌といえよう。三十・五十・百から千首まで試みられた。

この期に注目すべきは、同年三月二五日に「歌仙結番の制」を設けたことである。近習のうち歌仙をもつて結番、当番の日に各自五首の歌をたてまつらせる制度である。冷泉侍従隆茂・持明院少将基盛・越前前司時広（北条）・遠江次郎時通（北条）壱岐前司基政（後藤）・掃部助範元・鎌田次郎左衛門尉行俊等が名を連ねている。前年の正元二年正月に、全て一芸に堪ふる昼番衆の制度を設けたが、それに加えての和歌を最重要視する親王らしい制度である。

続いて五月五日に御所において歌会。顕氏・真観をはじめ、参加者は一月の御会始の参加者と重なっている。この月、親王が百首歌を詠んだことが柳葉集（一～六八）によって知られる。弘長元年七月七日に行われた『宗尊親王家百五十番歌合』は、鎌倉の代表的な歌人が名を連ねており、鎌倉歌壇の様相を今日に伝える貴重な資料となっている。一番左女房（宗尊）、右沙弥真観で始まるこの歌合は、春・夏・秋・冬・恋各二首、左右各一五人の歌人による一五〇番三百首の構成であるが、撰歌数は歌人によって異なり、七首（宗尊）から一首までの違いがある。この歌合は真観を通じて九条前内大臣基家に送られ判を依頼している。基家の判は親王と真観が番われてものに集中するが、概ね親王に評価が傾いている。中川博夫はその点に触れて「専門家人にして老練の真観の詰屈に比してはより歌柄が大きく平明である点が、基家の好評を得た要因になっている」と述べている。[7]

東撰和歌六帖・三十六人大歌合

この期における重要な成果は『東撰和歌六帖』と『三十六人大歌合』である。前者は古今和歌六帖に倣い、実朝・宗尊親王を巻頭に、北条をはじめとする鎌倉武士や関東祇候の廷臣などの鎌倉歌壇の歌を、四季・恋・雑の計二〇〇題に類別したもので、伝本に題目録と第一帖の三

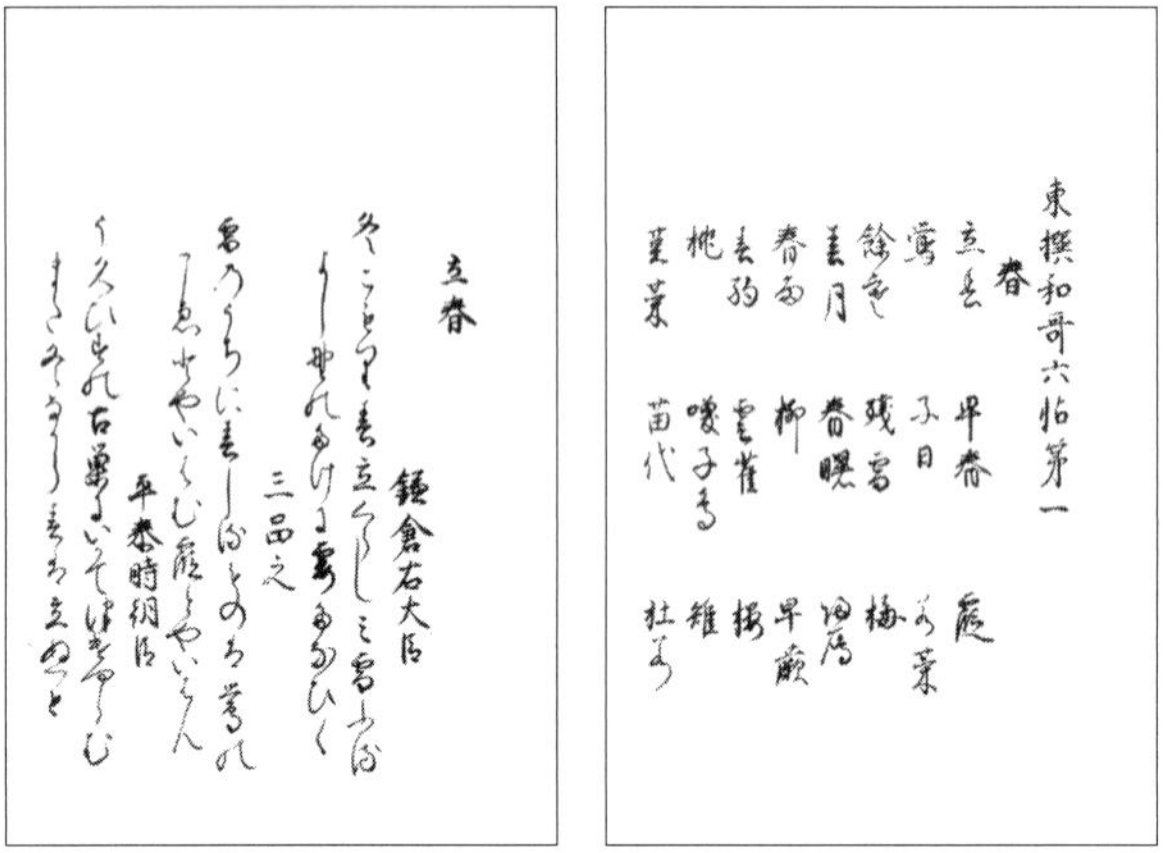

『東撰和歌六帖』第一　春目録・立春から三首
（肥前島原松平文庫所蔵）

一九首を収める続群書類従本と、第一帖〜第四帖から四九一首を抄出した祐徳稲荷神社寄託中川文庫本がある。和歌という都の文化の精華が関東に香ったことを象徴しその独自性の主張を顕彰する撰集である。

　歌人名の記載様式の検証をもとに、樋口芳麻呂は正嘉二年（一二五八）七月九日以降翌正元元年（一二五九）九月二八日までの間に撰せられたとする。[8] 弘長元年（一二六一）七月二二日には、「今日・関東近古の詠を撰進すべきの由、壱岐前司後藤基政に仰せらる」（吾妻鏡）とあり、このとき撰進を命じた「関東近古」の撰集が『東撰和歌六帖』かと考えられているが、それとは別種の撰集とも見られるという。

　しかし吾妻鏡の「関東近古」の撰集は目下のところ『東撰和歌六帖』以外には考えられず、

内部徴証による成立時期との矛盾をどのように解いていくかが今後の課題である。樋口論の興味深いところは、散逸した親王の第一家集『初心愚草』(正嘉元年までの五年間の詠草を収める)の歌が『東撰和歌六帖』に取り入れられた可能性を述べ、そこから習作期の歌が、卓抜な作は見出せないものの、親王後半に見られる平明且つ印象鮮明なる作風の片鱗を指摘していることである。

翌弘長二年(一二六二)に、閏七月二一日に没した土御門院皇女仙花門院曦子内親王、八月一一日に没した後嵯峨院の皇子仁助法親王を悼む歌を詠み(瓊玉集四九七)、同年九月には「弘長二年より人々にめされし百首歌の題」で詠みたてまつったという詞書の百首歌を詠んでいる(柳葉集一四四～二一八)。

この月、『三十六人大歌合』が成立。撰者は九条前内大臣基家と考えられている。[9] 仮名序に述べられているように、この歌合は公任の『三十六人撰』に倣い、宗尊親王の命によって当代の歌人三六人の歌を番えたもので、一人一〇首、または五首の計二一〇首。宗尊親王以下、御子左家の為氏、権門の実氏・実経・良実・公相・実雄・忠家、反御子左の真観・顕朝・行家・基家・家良、女房の鷹司院帥・土御門院小宰相、そして鎌倉歌壇の隆弁・基政・公朝[10]・長時・能清・小督・素暹・政村などが連なっている。

机上の歌合であるが、宗尊親王を頂点に中央と関東の両歌壇が統合されたような構成であり、『東撰和歌六帖』が関東の独自性の主張であるのに対し、宗尊を中心に都と関東双方から撰歌することで、鎌倉が一地方の歌壇ではなく時代の頂点であることを演出したという点で、その意義は計りしれない。

親王をそのような位置に立たせた陰の立役者は真観であった可能性が高い。真観の強い勧めがあったのかもしれない。石田吉貞は鎌倉歌壇の隆盛を以下の四点から述べている。第一は真観が親王の権威を背景に続古今集の撰者に加わり思うままに振舞ったこと、第二は凄しいばかりの親王の作歌活動、第三は和歌所を設けたこと、京都方、鎌倉方の有力歌人の歌を合わせた『三十六人歌合』を撰したこと、そして第四、鎌倉歌壇の膨大な歌を擁した『東撰和歌六帖』を撰したこと、である。[11]『東撰和歌六帖』と『三十六人大歌合』はまさに鎌倉歌壇の記念碑であった。

石田吉貞が取り上げた四点のうち、和歌所創設の意義はきわめて大きい。和歌所は『吾妻鏡』には新古今撰集の折の記述が見られるだけである。将軍家による和歌所の設置については、瓊玉集に「和歌所を始をかれて、結番しておのこどもにうたよませさせたまふ次に」（瓊玉集二七）とあり、以下同家集に和歌所で詠まれたという趣旨の詞書を伴った歌一九首が収められている。

瓊玉集は、文永元年（一二六四）一二月に、真観に命じて撰集させた家集で、文永元年一〇月百首の作までを含んでいるので第二期の詠作である。和歌所は勅撰集を編纂する役所として宮廷内に開設される（撰者の私邸の場合もある）。将軍家の和歌所はそれに倣ったものだが、何らかの撰集を目指したものだとすれば、それは『東撰和歌六帖』の撰集ではなかっただろうか。撰集事業のみならず和歌に関する諸行事の企画運営に携わる役所として開設したと考えられる。和歌所の開設は和歌を幕府の行政機構の中に位置づけたことを示す。弘長年三月二五日の「歌仙結番の制」も、それ以前の「一芸に堪ふる昼番衆」の制度も、和歌が幕府権威の顕現を担う〈まつりごと〉として位置づけられたことを物語っている。和歌は抒情性の表出でありながらその存在意義は個人を遥かに超えた政治性を担っていた。

続古今集

『三十六人大歌合』が成立した弘長二年九月、反御子左家の真観・基家・家良・行家（知家男）の四人が、後嵯峨院から為家ひとりに撰集の命が下されていた続古今和歌集の撰者に途中から参加する。撰定を終えたのは文永二年一二月、翌文永三年三月に竟宴が行われた。

宗尊の入集歌六七首は、実氏六一首、定家五六首、後嵯峨院五四首、後鳥羽院四九首などを越えて最高位であった。宗尊がいかに優れた歌人であったとはいえ、真観の強烈な野心は否定できない。なお、撰者五人の入集歌は、為家四四首、真観二八首、基家二一首、家良二六首、行家一七首である。また、鎌倉歌壇の歌人は、故人を含めて北条政村一三首、実朝八首、後藤基政六首、泰時・東素暹（胤行）・長時各五首、隆弁・真昭法師（北条氏）・権律師公朝各四首、藤原能清・藤原基隆・北条時広・小督各三首、北条重時・北条時茂・藤原顕氏・北条時直・行念法師（北条氏）・惟宗忠景、宇都宮蓮生・同信生・道円（小田氏）各二首、頼朝・権律師厳雅・円勇・雅有・北条義政・北条時親・佐々木時清・源親行各一首。傍線を施した歌人は『宗尊親王百五十番歌合』の参加者である。

一日千首

弘長三年（一二六三）二月二日の御所における当座歌会に続いて、八日には政村の常盤亭で一日千首探題が催された。作者は亭主の政村八〇首、真観一〇八首、葉室俊嗣（真観の子）五〇首、範元一〇〇首など参加歌人一七人。辰の刻（午前七時）から始めて秉燭《へいしょく》前に終了する。この千首に真観が合点を加え、三月一〇日に常盤亭で披講。合点の数に応じて席次を定めるという趣向であったが、第三位の政村が二位の範元の下座に着くことに難色を示し、範元が畏れ

常盤亭跡（部分）
平場の奥に〈やぐら〉が穿たれている。このあたりタチンダイと称されている。

常盤亭跡出土の金銅製水滴
（『掘り出された鎌倉　新発見の鎌倉遺跡と遺物展』の図録　鎌倉考古学研究所　1981年8月）

て逃げ出そうとする一幕もあって、波乱含みの展開ながら、点なき者は縁側に座が設けられ、箸を撤した膳から食べさせられたため、満座頤を解いて大笑したという、まことに罪なき享楽の一刻であった。ただこの一日千首探題には親王が参加した形跡はない。六日前の二月二日の当座歌会には政村を参上させていることから、政村が親王を招かなかったとも思えない。何らかの支障が親王の側にあったのかもしれない。あるいは将軍を戴いての御所での荘重な晴の行事に対して、砕けた親睦的な座であったため、あえて将軍家の来駕をはばかったのかもしれない。

六月二五日、将軍家当座百首成立（柳葉集巻三に「弘長三年六月廿四日当座百首歌」三五八～四〇三）。前日の未の刻（午後一時）に始めてこの日の巳の刻（午前九時）終了。範元が御前に侍って清書。三〇日に真観が合点を施し、前年の百首に勝ることを言上するも、親王は納得しなかった。「これ賢慮に通ぜず。去年の御詠なほよろしきの由思しめさる」（『吾妻鏡』）という。前年の弘長二年の百首としては、「弘長二年冬たてまつらせ給ふ百首の中に」（瓊玉集六）、「弘長二年院より人々にめされし百首の題にて、読てたてまつりし」（柳葉集一四四～二一八）、弘長二年十一月百首」（柳葉集二二九～二九六）、弘長二年十二月百首（柳葉集二九七～三五七）などがみられ、どの百首かは特定できない。あるいは前年の百首全てを指していたのかもしれないが、この意見の対立は真観が親王にとって絶対的な権威ではなかったことを示している。真観に慴伏していたわけではなかった。

七月五日には、為家に合点を依頼すべく、本年中の詠歌から三六〇首を抄出して清書。同月一六日に真観は帰洛するが、この三六〇首を真観に託したとは思えない。さらに同月二三日、範元に清書させた将軍家五百首を合点のため教定に託して為家に送っている。二九日に、建長五年から正嘉元年までの詠歌を撰んで、最初の家集『初心愚草』を自撰する。但しこの家集は今日に伝わらない。

八月一日、御所五首題和歌。同月六日には素暹の勧進歌会が営まれた。『吾妻鏡』は「御夢想の告あり。黄泉にその苦あるかの由、思しめし驚かるるによって、滅罪の謀を廻らされんがために、かの懐紙の裡をもって経典を書写せらるべしと云々。」と記す。

八月七日から九日にかけて衆議判による御所五十首歌合、引き続き一一日には連歌が行われ、翌一二日に後藤基隆（基政の弟）が親王の命により連歌に合点している。この月親王は上洛の予定で準備が進められてきたが、「大風によって諸国稼穀損亡するの間、弊民の煩を休せんがために延引」（『吾妻鏡』）となった。その折に側近に探題の歌を詠ませた宗尊も「浦島」を詠んでいる。旅への思いが歌枕の探題歌会に結びついたのであろうが、正嘉二年（一二五八）に続いてまたしても上京を阻まれた親王の無念さがにじみ出ている。

弘長三年八月の風によりて、御上京とゞまらせ給ひて後、おのこども題をさぐりて歌詠み侍りける次に、浦舟といふ事を

今ぞしる浦こぐ船のみちならぬ旅さへ風の心なりとは　（瓊玉集四三四）

大風によって阻まれた都への旅であったが、陸路ではない浦漕ぐ舟もまたままならぬのは風の心であったとは今こそ思い知られることだ、の意である。

同じ月に、「三代集詞にて読侍し百首」（柳葉集四〇四～四四九）を詠み、親王の旺盛な創作は続いてゆく。一〇月二八日、七月に送った将軍家五百首詠に為家が合点を付けて送り返されてきた。それには一巻の状が添えられており「六義の奥旨なほ御沈思を凝《こら》さるべきの由、条々諷諫を申すと云々」という（『吾妻鏡』）。「六義」とは和歌の表現や修辞上の基本をいう。それをしっかりと学ぶべきで、作品に即して苦言を申し上げました、というほどの意味であろうが、まさに初学者に対する厳しい指導である。

弘長四年二月二八日をもって改元、文永元年となる。この年の三月五日、親王は資季・為氏・行家・少将内侍の源氏物語を召しだして校合し、源氏物語系図を制作させている（『原中最秘抄奥書』）。親王を中心に源氏物語が鎌倉においてもてはやされたのは、親王の御所が王朝文化の

拠点であり、和歌を支える雅の重要な根拠が源氏物語だったからである。

親王すでに二三歳、鎌倉下向から一二年を経て鎌倉の風土にも馴れ、側近の廷臣や武士たちとの信頼関係の輪が次第に外部にも広がり、将軍家として権威と自恃も備っていった。宮廷文化の精華である和歌の才能に恵まれ、この上なき高貴な血筋である親王は、御家人たちの次元を遥かに超えた高みに輝いていたと思われる。四月二九日には惟康親王が誕生するという慶事があった。

六帖題和歌

弘長から文永にかけて、親王の歌道への傾倒ぶりは尋常ではない。歌神に魅入られたように親王は定数歌や題詠を試みている。この年の六月一七日の庚申に百首の自歌合（柳葉集四五〇～五六二）、一〇月に百首（柳葉集五六三～六二六）を詠むなど親王の旺盛な創作が続く。

同年九月には『六帖題和歌』が催されたと推定されている。[12]『寂恵法師文』は、「文永のはじめ、九月六日、六帖の題あまねく関東の好士に下されて十三夜の御会に詠進すべきよし仰せらるゝ時、わづかに八ケ日の間、六帖一部の題五百廿余首たてまつる事、寂恵がほかに公朝法印・円勇一両人にすぎず。」と記している。この『六帖題和歌』は、直接には寛元二年（一二四四）

に京都歌壇の有力歌人である家良・為家・知家・信実・真観の五名が詠んだ『新選六帖題和歌』（新撰六帖）を範としたらしいといわれている。[13] 親王の『六帖題和歌』は夫木和歌抄に六五首伝えられている。なお、親王の『六帖題和歌』には漢文学の摂取が多く、その背景に親王自身『帝範』『臣軌』などの帝王学を学んだこと、武家の向学心が文章経国の思想に向かったことなどがあったことが指摘されている。[14] この古今六帖の題に従った詠進は、家集に「六帖題を探りて、おのこども歌詠み侍けるに」（瓊玉集四五四・四五九・四六〇）とあり、その後にも親王によって試みられている（中書王御詠一二六・四五・六二・九八・一六六・一九三・二五七）。この年一二月九日には真観に命じて瓊玉集を撰ばせている。

親王の定数歌の試みは凄まじいばかりである。例えば弘長元年から翌二年の二年間に、瓊玉集、柳葉集に五回の百首歌が収録されており、その他成立期の特定できない定数歌は親王の諸家集に夥しい。百首歌は定数歌の中でもっとも多く試みられたものだが、その基本的な展開の仕組みは、季節の変化とそれに伴って移ろう心の彩を、歌枕などによる空間的な広がりの中で題に従って描き、世界を掌握することである。一首一首は独立しながら手を取り合って紡ぎあげる美の曼荼羅に他ならない。

北条時頼墓　最明寺の故地に建つ明月院の境内

時頼の死

弘長三年（一二六三）一一月二二日、時頼が最明寺の北亭にて卒去。『吾妻鏡』はこの英傑の最期の姿を「終焉の尅、叉手《しやしゅ》して印を結び、口に頌《じゅ》を唱へて、現身成仏の瑞相を現ず」と記す。仏の如く座した姿であったという。享年三七。反得宗家を制圧、中心人物である将軍頼経を追放し（宮騒動）、最大の御家人である三浦氏を亡ぼし（宝治合戦）、北条政権を固めたのが時頼である。建長寺を創建し、大仏の造顕を援けるなど多くの業績を上げた執権として名高い。鎌倉を揺るぎなき政権の府にしたこの五代執権の死は一つの時代の終わりを告げるものであった。将軍家として最も充実し安定したのが弘長年間であったが、親王を支えてきた時頼の死は宗尊の命運に翳りを与えることとなった。もし時頼が健在であれば、数年後の罪なくして将軍職を剝奪される不条理は避けられたかもしれない。

親王は最明寺には時頼が没するまでしばしば訪れ、その折には蹴鞠・管弦・競馬・歌会などが催された。最初は建長八年（一二五六）七月一七日、最明寺が建立されて初めての御礼仏の時であったが、それは時頼出家の内々の沙汰あっての「御出の儀」であったという。

宗尊はこの英傑の死によせて哀傷歌十首を詠んでいる（『吾妻鏡』）。翌年の春には、最明寺の旧跡の梅を奉られて哀傷歌を詠んだ。

最明寺の旧跡なる梅の盛なりける枝を人の奉たりけるを御らんむじて

心なきものなりながら墨染に咲かぬもつらし宿の梅がえ　（瓊玉集四九八）

心なき梅であっても喪中にはばかって咲かないのも辛いとて花をつけたのだろう、の意である。なお、同年の八月二一日、前年逝去した時頼のあとを追うように執権長時が没し、その時も親王は哀傷歌を詠んでいる（瓊玉集四九九）。

3 第三期

時宗の時代の到来

文永二年（一二六五）から親王帰洛の文永三年七月までを第三期とする。親王二四歳から二五歳。

文永二年の元旦の垸飯の儀は時頼の嫡男時宗が沙汰、二日の垸飯は政村であったが、三日の御行始めは時宗の邸であり時の執権邸ではなかった。いよいよ時宗の時代の始発である。執権職は時宗未だ若年のため、時頼から長時へ、さらに長時の逝去に先立つ出家によって北条一族の長老で二代執権義時の子の政村が受け継ぎ、時宗は連署になった。時に時宗一四歳であったが（建長三年五月生）、元旦の垸飯の沙汰が時宗であることは、時宗体制が確立されたことを示している。

春二月七日、二所詣（中書王御詠二一・三〇）。一二日に帰還するが、その間に伊豆山に三十首歌を奉納する（新後拾遺一五一三）。閏四月には三百六十首（柳葉集六二七〜八五三。中書王御詠にも三四首選抜する）を詠んでいる。

一品宮中務卿

文永二年九月一七日、親王は中務卿に任官し一品宮中務卿となる。中務省は天皇を補佐して詔勅文案の審査と宣下・上表の受領などを司る役所で八省の中でも特に重要視され、その長官である中務卿は、平安以降は四品以上の親王から任命されることとなっており、欠員が生じてもそれにふさわしい英邁な親王が出るまでは空席とされていた。兼明親王・具平親王以来二百年ぶりの任官である。兼明親王は醍醐天皇の皇子、具平親王は村上天皇の皇子で、兼明親王の甥にあたる。共に博学多才であった。宗尊の中務卿任官は、親王をこよなくいとおしむ後嵯峨院の配慮であろうが、それに恥じない宗尊の才華が認知されたことになる。この月の二一日には姫宮（掄子）が誕生するという慶事が重なる。

一〇月七日・一四日に御所連歌会、一八日には二年前の弘長三年七月に帰洛していた真観が鎌倉に下着。翌日には御所連歌会、真観歓迎の催しであろう。宰子の安産祈願などに尽力した若宮大僧正隆弁も百種の懸物を持って参加している。続古今集の奏覧があったのがこの年の一二月であるが、撰集事業を終えた真観の歌人としての絶頂期である。

この年権律師仙覚が親王に万葉校訂本文永二年本を献上（仙覚『万葉集註釈』に記す）。仙覚の万葉集研究の業績は改めて記すまでもないが、仙覚は続古今以下四首入集した勅撰集歌人であり、鎌倉歌壇の一人でもあった。この頃柳葉集が自撰されたらしい。

将軍職の解任

文永三年は正月一二日に、彗星が現れるという当時としては不吉な予兆から始まり、翌日には鞠始を延引して急遽泰山府君祭を行った。この祭祀は鎌倉時代もっとも頻繁に行われたもので、泰山の主神である泰山府君を祭り官職や寿命長久を祈願し、障害となる邪気を払う祭である。二月二〇日にも御所南庭で再度泰山府君祭が行われた。

しかし神祭もむなしくやがて親王は苛烈な運命に呑み込まれていく。この年の七月に親王は将軍職を解かれ都へ送り返される。時に二五歳。その経緯については後に取り上げるが、結果として将軍の栄華が砂上の楼閣に過ぎなかったことを示している。鎌倉における最後の和歌の晴儀として確認できるものは、文永三年三月三〇日の当座の歌会で、飛鳥井教定・宮内卿入道禅恵・北条時直・北条時広・北条清時・北条時親・嶋津忠景・隆弁らが参加している。なお永年歌鞠の指導者であった飛鳥井教定は翌月の八日に五七歳で逝去している。

鎌倉を出発したのは七月八日であったが、親王は嘆きと憤りを歌に託しつつ東海道を上った

（中書王御詠二一二〜二三〇）。在位中果たせなかった上京の草枕が涙に濡れそぼつことになろうとは夢想だにしなかった親王の眼に、東海道の歌枕はどのように映じたのであろうか。翌八月に百五十首（竹風抄四九二〜五九五）、一〇月には五百首の歌を詠んでいる（竹風抄一〜二八八）。ひとりの歌人に立ち戻った親王にとっては詠歌のみが酷薄な現実を超える唯一の道であり、三三歳で薨じるまで親王はひたすら歌人であり続けた。

帰洛した親王は、朝廷と幕府との錯綜した力関係に弄ばれた己の運命を嘆きつつ、そのむなしさをひたすら和歌に託した。深く傷ついて帰洛した親王にとって京の風は予想外に冷たかった。親王には父後嵯峨院の懐にすがりたい想いがあったに違いない。しかし院は親王を義絶して謁見を許さなかった。いうまでもなく幕府をはばかってのことである。冤罪を演出したと思われる幕府側には聊かの後ろめたさがあったに違いない。一一月になって親王に領地五ヶ所を献上し、義絶を解くよう後嵯峨院に要請する。親王が院に晴れて対面できたのは翌一二月であった。

かくしてようやく親王にも平穏な日々が訪れるが、文永九年に父法皇の崩御を機に出家して法名覚恵となり、翌々年の文永一一年（一二七四）七月に薨ずる。享年三三歳であった。

注

1　『私家集大成』の解題　井上宗雄・兼筑信行・小林　強

2　安井久善『藤原光俊の研究』笠間書院　一九七三年一一月

3　谷山茂「宗尊親王の文応三百首と未刊百首（上）―『続百首部類』考察（二）『女子大国文』京都女子大学国文学会　78号　一九七五年一二月

4　黒田彰子「藤原基家の後期」『国語と国文学』59巻9号　一九八二年九月

5　小川剛生『武士はなぜ歌を詠むのか』第一章「歌人将軍の統治の夢」角川書店　二〇〇八年一〇月

6　安井久善『藤原光俊の研究』「歌人としての閲歴」笠間書院　一九七三年一一月

7　中川博夫「弘長元年の宗尊親王（一）―『宗尊親王家百五十番歌合』の詠作について」『古典研究』第一号　一九九二年一二月

8　樋口芳麻呂「宗尊親王初学期の和歌―東撰和歌六帖所載歌を中心に―」『国語国文学報』22集　愛知教育大国語国文学会　一九六九年三月

9　佐藤恒雄「三十六人大歌合の撰者をめぐって」『香川大学教育学部研究報告』第一部・第四八号　一九八〇年

10　中川博夫「僧正公朝について―その伝と歌壇的地位」『国語と国文学』第60巻9号　一九八三年九月。

11　石田吉貞『新古今世界と中世文学（下）』第四篇第三「鎌倉文学圏」北沢図書出版　一九七二年

一一月

12　小川剛生「宗尊親王和歌の一特質—『六帖題和歌』の漢詩文摂取について」『和歌文学研究』一九九四年五月

13　小川剛生『武家はなぜ歌を詠むか』序章「源氏将軍と和歌」角川書店　二〇〇八年一〇月

14　注12に同じ

第五章　親王歌の時空

1　親王の万葉学び

万葉集からの歌の展開

万葉集への傾倒振りは宗尊親王の特色のひとつとして指摘されてきた。もとより親王のみならず中世歌人には万葉の表現世界を再現できるはずはなく、そこには自ずから限界があった。しかし万葉歌を発想の契機にするには、なんらかの必然的な要因があったはずである。それを検証するためにも、万葉と平安以降の歌の世界との違いを確認しておく必要があろう。和歌表現に限って端的にいえば表現の仕組みが万葉と古今集以降とは質的に異なっているからである。

表現対象である景が人智を超えた神の表象として意識され、虚心にそれを受け容れるという構えを取ったのが万葉集であるとすれば、平安以降の和歌は人智によって景を再構成する手法を取ろうとした。一例をもって両者の違いを示すことにする。

切目山往反《ゆきかへ》り道《ち》の朝霞ほのかにだにや妹《いも》にあはざらむ　（万葉巻12・三〇三七）

山ざくら霞の間よりほのかにも見てし人こそこひしかりけれ　（古今四七九　貫之）

切目山の行き帰りの道に立つ朝霞のようにほのかにでも妹に逢えないのだろうかと歌ったのが万葉の歌で、「朝霞」までが「ほのかに」を引き出す序詞となっている。切目山が熊野街道に面していることから「往反り道」といったらしいが、なぜそこが切目山でなければならないのかよくわからない。たまたまそこが切目山であったとしか考えられない。つまり歌表現のレベルではそこが「切目山」である必然性を持たないのである。同じく霞を序詞に用いた歌に「巻向の檜原に立てる朝霞おぼにし思はばなづみ来めやも」（万葉巻10・一八一三　人麻呂歌集）があるが、同じく霞が立っている場所は表現の上では「巻向の檜原」である必要はない。いうまでもないが、それぞれの地名は作者にとっては他に代えようのない必然性を持っていたであろう。もしそれが作者の実体験だとすれば、切目山に居ること、巻向の檜原を嘱目していること自体は、人の側からは偶然に過ぎないように見えたとしても、それは人智を超えた神の意思であり、運命の必然であってそれは謙虚に受け止める他はない。虚心にそれを受け容れるとは、事実をそのまま表現世界に写し取ることである。少なくともそのように見える形で表現することである。

古今集の貫之の歌は、万葉の切目山の歌をふまえて詠んだ歌であるが、表現のレベルで必然性を持たない地名を捨てて、山桜を霞にひそませ、それを「ほのかに見」る、へと転じている。

朧ろに霞むように咲く山桜は霞の中でさらに朧ろになり、いっそう見ることが困難となる。かくして霞と山桜という二つの景は互いに必然的な関係を表現世界のレベルで結び合うことになる。そのような景を貫之が実際に嘱目したかどうか、それを穿鑿することは全く無意味であろう。また貫之は単に「ほのかに」をいうために霞と山桜という二景を取り合わせたのではなく、二景を通して垣間見の場面を透視しているのである。垣間見とは憧れの女性をひそかに覗き見ることで、相手の女性を見ることの難しい王朝時代にあって、垣間見は恋の初めを象徴する名場面として、伊勢物語や源氏物語などの恋物語に語られてきた。貫之の歌は平安以降の和歌表現の特質を象徴している。

歌である限り平安以降の歌は万葉歌の地続きにあるが、両者の間にはかなり深い溝がある。万葉歌はそれでも以降の勅撰集などに採られ、それぞれの時代の感性に響きあいながら「今」の歌として捉えなおされていくが、多くは万葉の特質を半ば失いながらの再生である。

顧みられる万葉

中世和歌が万葉を顧みるのは、閉塞した表現世界をそれによって打開しようとしたからである。新たな表現の開拓は常に閉塞の第一歩となる。それを繰り返しながら和歌史は推移するが、歌人の私的な体験・抒情の領域と表現世界との関係に視点を置いてみる時、和歌に革命的な変化をもたらしたのは、題詠と歌枕の成立である。前者は歌人に個の存在や体験を超えた自立した世界の展開を、後者は日常を超えた空間的な広がりをもたらした。歌枕成立の契機は多くは古歌にある。神の宿る聖地を讃美したのが起源である。吉野山の桜・龍田の紅葉・春を迎える春日野のように、歌に詠み継がれた名勝の地は、歌人たちを未見の美的空間で包み込むことになった。本歌取りの技法とともに、古歌に流れる過去の時間を自在に引き寄せることを可能にした。

歌枕と歌枕が喚起する美的なイメージは豊かな抒情の泉ではあったが、一方繰り返しによる劣化は避けられない。中世歌人の万葉への回帰が新たな歌枕の模索という形でなされたのは、和歌史の必然であったとも思われる。根底には万葉歌の現実感覚への憧憬があったのではないだろうか。題詠と歌枕は、個々の歌人が孤立することなく、美的な時空に手を携えて参加することを可能にしたが、同時に歌が現実の切実な生の次元から遊離して、真実の人間性を手放してしまう危険性も抱え込んでいた。創造された美的な時空はどこかで現実とつながっていなければ空疎な幻に化してしまいかねない。万葉への憧憬にはおそらく、表現世界の手触りを現実感覚によって担保したいという願望が働いていた。しかし定家は「万葉はげに代も上がり、人の心もさえて、今の世にはまなぶともさらにおよぶべからず。ことに初心の時おのづから古体をこのむ事あるべからず」（『毎月抄』）といって、安易に学ぶことを戒めている。

万葉に距離を置く御子左家に対して、対立軸のひとつに万葉への傾倒を鮮明にしたのは親王の歌道師範である真観であった。親王の万葉学びに真観の存在は無視できないが、夙に山岸徳平は親王の万葉学びについて御子左家の為家の側から論じている。[1] 山岸は万葉の受容には感情を通して体得する場合と知性を通して理解する場合のあるとした上で、実朝は体得の側の人であるが、平安末期の匡房・忠通・範永や宗尊親王などは理解の側の歌人であるという。「理解の側」とは平安以降の和歌と万葉との間にある溝が感性では越え難いことを示している。しかして親王の万葉学びはどのようなものだったのだろうか。

親王の万葉摂取はおよそ次の三つの型に分けることができる。

歌枕発掘型
万葉歌再生型
万葉歌模倣型

歌枕発掘型は、中世的な美意識の側から万葉を歌枕として取材、もしくは万葉特有の景物をとり上げての詠み方で、相聞歌から叙景歌などへ変換させる場合が多い。万葉歌再生型は、万葉の歌人の意識に立ち新たな万葉歌を創作するという姿勢で詠んだもので、叙景歌である場合が多い。万葉歌模倣型は万葉歌と同一の主題を万葉の詞に拠って表出したもので、万葉歌再生型との差は微妙である。

歌枕発掘型と万葉歌再生型が圧倒的に多く模倣型は再生型のひとつの形とも見られる。順に従って検討する。

さほ姫や衣ほすらし春の日のひかりにかすむあまのかぐ山　（瓊玉集五）

この歌は持統天皇の次の歌に拠っている。

春過ぎて夏来たるらし白栲《しろたへ》の衣乾したり天の香具山　（万葉巻1・二八）

香具山は特に親王によって見出された万葉の景ではなく、すでに歌枕として詠み継がれたものだが、万葉歌との違いがよく示されているのであえて取り上げてみた。香具山に干してある「衣」については神事に用いられる衣かといわれているが、いずれにしろ宮廷から眺めた春景色の印象を歌っている。親王は「衣」を春の女神の佐保姫の衣に見立て、優美な幻想性を表出している。その分だけ万葉歌の清新な季節感が薄れてしまっている。香具山を歌った持統天皇のこの著名な歌は、第四句「衣乾したり」を現実感覚を手放した「衣乾すてふ」に変えて新古今集に採られている（新古今集一七五）。いかにも中世的な万葉受容の例である。なお、親王には持統天皇の香具山に拠った「夏きてもころもはほさぬ涙かないづくなるらんあまのかぐやま」（中書王御詠五二）がある。いうまでもなく恋歌への転用である。

以下親王の万葉摂取歌を本となった万葉歌と並べて挙げることにする。

さなへとるあべの田の面《も》のむらさめに坂越えてなくほととぎすかな　（三百首和歌八一）

坂越えて安倍の田の面に居る鶴《たづ》のともしき君は明日さへもがも　（万葉巻14・三五二三）

あしほ山花さきぬらしつくばねのそがひにみればかかる白雲　（柳葉集一〇）

筑波嶺に背向《そがひ》に見ゆる葦穂山悪しかる咎もさね見えなくに　（万葉巻14・三三九一）

秋ふかくはやなりにけり千葉のぬの此手かしはの色づく見れば　（瓊玉集二六五）

千葉の野の児手柏の含まれどあやにかなしみ置きてたか来ぬ　（万葉巻20・四三八七）

みなぶちの細河山ぞしぐるめる真弓の紅葉今盛りかも　（瓊玉集二六六）

南淵の細川山に立つ檀《まゆみ》弓束纏《ゆづかま》くまで人に知らえじ　（万葉巻7・一三三〇）

いはき山ゆふこえきてやほととぎすこぬみのはまに初音鳴くらむ　（柳葉集六八五）

磐城山直越《ただこ》え来ませ磯崎の許奴美《こぬみ》の浜にわれ立ち待たむ　（万葉巻12・三一九五）

手向けせしいはくに山の嶺よりも猶さかしきは此世なりけり　（竹風抄七四）

周防にある磐国山を越えむ日は手向けよくせよ荒しその道　（万葉巻4・五六七）

山陰の木ゝの雫に袖ぬれて暁ごとにいでしたびかな　（竹風抄六四）

あしひきの山のしづくに妹待つとわれ立ち濡れぬ山のしづくに　（万葉巻2・一〇七）

我を待つと君が濡れけむあしひきの山のしづくにならましものを　（万葉巻2・一〇八）

いにしへのあきつの野べの宮ばしら霧こそたてれ跡ものこらず　（宗尊親王家百五十番歌合七十六番左）

…御心《みこころ》を　吉野の国の　花散らふ　秋津の野辺に　宮柱　太敷きませば…　（万葉巻1・三六）

一首目の「さなへとる」は、鶴のように珍しい君は明日も逢いにきて欲しいと歌う東歌の「たづ」を「ほととぎす」に換え、相聞歌を叙景歌として再構成した歌である。「阿倍の田の面」という野趣に富んだ未知なる時空への興味が契機となっているが、この東歌はすでに家隆の次の歌によって同じような興味で捉えられ叙景歌に転換されている。

たづのゐるあべの田面の有明にまた坂越えて帰る雁がね　（玉吟集二一七九）

同じく万葉の東歌を本歌とする二首目の「あしほ山」も、悪いという欠点もみえないのにあの子を諦めねばならないの意の相聞歌を、葦穂山の花を雲に見立てた叙景歌にしている。この東歌からの展開は、同じく家隆の次の歌と全く同じである。

さくら花咲くや嵐の葦穂山そがひになびく峰の白雲　（玉吟集二一八二）

「秋ふかく」の歌の拠った万葉歌は、千葉郡の防人歌で、故郷に残してきた好きな子の幼さを「このてかしは」のつぼみに喩えてしのんだものだが、「秋ふかく」の歌は、そのような可憐な情調を排して秋の季節感を表す景として捉え直されており、新たな歌枕を成り立たせようという意識によって詠まれている。万葉歌の「このてかしは」は花であったらしく、『袖中抄』にヲトコヘシ（男女郎花）・オホドチ（大橡）という説を挙げているが、親王の歌うのは紅葉するコノテカシハである。親王と同じ万葉歌に拠って前二例と同じく家隆は次のような歌を詠んでいる。

長月の時雨ふるらし奈良山のこのてがしはも色づきにけり　（玉吟集二五三四）

親王の万葉集摂取において家隆との関わりを指摘したのは平田英夫である。平田は右の三例を含めて万葉からの取り方において家隆と共通する六例を挙げ、親王が万葉を摂取する場合に家隆の万葉摂取を参考にしたと推測し、その理由として新勅撰集入集歌が第一位で定家と並ぶ権威であったことを指摘し、さらに親王が『玉吟集』（壬二集）を入手した経路まで推測している。[2] 注目すべき見解である。

次の「みなぶちの」の歌が拠った万葉歌の「檀」は目当ての女の喩え。「弓束まく」は弓を握る部分を桜の皮や革を巻くことだが、この場合は女を得ることを喩える。前の歌と同様に季節歌に仕立てている。

「いはき山」の歌は万葉歌の「人」をホトトギスに変えて季節歌としている。「手向けせし」の歌の拠った万葉歌は、大宰帥大伴旅人の病を見舞って帰京する勅使を見送った、大宰府の官人の歌である。周防の岩国山は旅の難所だったらしく、峠の神に手向けをして安全を祈願しなければならなかった。その旅の難所を親王は「さかしきは此世」の喩として取りあげ、述懐歌にしたてているのだが、同じく新たな歌枕の探求である。

「山陰の」は、山の雫に濡れて待たされ、相手をなじった大津皇子の歌と、皇子に待ちぼうけを食わしておきながら、あなたを濡らした雫になればよかったなどと揶揄した石川郎女の返しの歌に拠っている。親王の歌は京から鎌倉までの旅を回想したものらしい。他の例と違って歌枕的な興味にはよらないが、万葉歌を手がかりにそれとは異なる世界を歌っている。

最後の「いにしへの」の歌は、持統天皇の吉野行幸に従駕した柿本人麻呂が吉野の宮を讃美した長歌に拠っている。地名の「あきつ」に秋を掛け霧の縁語とし、また「たてれ」を霧と宮柱双方の縁語になしている。眼前の宮を讃美した人麻呂の歌に対し、親王の歌は消失のむなしさを歌う。「跡ものこらず」は指摘されているように、同時代でしか見えない措辞であり。[3]ほとんど顧みられなかった万葉の歌枕に、新奇な同時代表現を詠み合わせているところに特色がある。

万葉歌の再現

右の例は、万葉集へ関心が主として歌枕的興味に発しており、親王に限らず当時の詠歌における万葉受容のありふれた手法であった。それに対して、万葉の歌人の意識に立ち、新たな万葉歌を創作するという姿勢をとる次のような作品は注目に値する。

鶯のやどあれぬらしくだらのの萩の古枝はいまぞ焼くなる　（瓊玉集一四）
百済野の萩の古枝に春待つと居りし鶯鳴きにけむかも　（万葉巻8・一四三一）

いこま山花咲きぬらし難波とをこぎ出でてみればかかる白雲　（瓊玉集五〇）
難波門《なにはと》を榜《こ》ぎ出《で》てみれば神さぶる生駒高嶺に雲ぞたなびく　（万葉巻20・四三八〇）

あらちやますそのの浅茅かれしより峯には雪のふらぬ日もなし　（柳葉集一九三）
八田の野の浅茅色づく有乳山峯の沫雪寒くふるらし　（万葉巻10・二三三一　家持集一四三）

年をへてあれのみまさるささ浪のしがつの宮のむかしこひしも　（柳葉集三五一）

ささなみの国つ御神の心《うら》さびて荒れたる京《みやこ》見れば悲しも　（万葉巻1・三三）

「鶯の」の歌は「野外鶯」の題から、万葉に歌われた百済野の鶯を引き出し、野焼きの風景へと展開している。鶯の存在する余地すら危うい歌となっており、歌題にふさわしい歌とは考えられないが、「いまぞ焼く」に臨場感があって、赤人が詠んだ写実的な万葉歌に近い。次の歌は、生駒山の雲を花に見立てた点は、万葉歌とは違った美意識があるにしても、ほとんど模倣に近いほど万葉歌に歩み寄っている。「あらちやま」の歌の景には一定の時間の幅があり、その分だけ観念的な景となっており、万葉歌の感性に直結する季節感を乏しくしているが、可能な限り嘱目の印象として歌おうとしている。「故郷」の題で詠まれた「年をへて」の歌は高市黒人の著名な歌に拠り、ほとんど同じ発想で歌われている。悲痛な思いが感じられるのは、おそらくは親王が鎌倉下向の折に目撃した時の強い印象が想起されているからだと思う。

島伝ひ千とりなくなり津の国のむこのうらしほ今はみつらし　（瓊玉集二九五）

この歌は、赤人の「武庫の浦を漕ぎ廻る小船粟島をそがひにみつつ羨しき小舟」（万葉巻3・三五八）の「小舟」を「千とり」に変えて詠んだと思われるが、鳥と潮干との関連では同じく赤人の、鶴と潮干を歌った「若の浦潮みちくれば潟を無み葦辺をさして鶴鳴き渡る」（万葉巻6・九一九）がある。赤人歌の二首を合成したような景であるが、万葉歌の感性に寄り添って歌われている。

故郷のかはらの千鳥浦なれてさほ風さむし有明の月　（瓊玉集二九七）

右の千鳥の歌は、『宗尊親王三百首』の歌（一八六）で、それには第三句が「うらぶれて」となっている。この方が初案であろう。この歌に付された基家の評詞は「已上両首存古体歟」で、為家の評詞は「河原千鳥無念候歟」となっている。基家評に「両首」とあるのは、この歌の前に置かれた「室の浦の潮干の潟のさ夜千鳥なき島かけて瀬戸渡るなり」で、この歌は万葉の「室の浦の湍門《せと》の崎なる鳴島の磯越す波に濡れにけるかも」（万葉巻12・三一六四）に拠っている。「古体」はこの場合は讃辞ではなく、万葉に依存しすぎていることを難じたものであろう。為家の「無念」は、「鳴く」の語もなくて千鳥を擬人化しているのを「無念」と評したかといわれるが、[4] 理由は基家と同じく「古体」に過ぎるということかもしれない。為家は万葉への過度な接近を戒める立場であった。あるいは「浦」から「うらぶれて」への展開が千鳥の風情を殺いでしまったと感じたのかもしれない。「浦なれて」の方が穏やかであろう。

蘆まじる沖の須崎に影みえていさりに帰る海士の灯　（竹風抄一二六）

右の歌が拠った万葉歌は特定できないが、「山の端に月かたぶけば漁《いさり》する海人《あま》のともしび沖になづさふ」（万葉巻15・三六二三）あたりの叙景に近い。「須崎」は地名ではなく州崎であろう。

文永三年（一二六六）一〇月に詠んだ五百首の定数歌（竹風抄巻一に二八八首収録されている。）の一首で題は「漁夫」である。同年七月に将軍を解任されているから、失意の底にあって親王がより縋ったものが和歌であったことを示している。歌題によって現実を離脱しなければこのような静謐にして奥深い海の情景は捉えられなかった。陥穽の底から自らを解き放ったところに万葉のおおらかな世界があった。万葉びととの魂の交感を思わせる歌境である。机上の作品でありながら、あくまで嘱目の景であるかのごとく詠んでいる。

上に述べたように、万葉歌人にとって現実の景は人知を超えた神の意思であり、運命の必然であってそれを虚心に受け止めることを発想の基本に置いた。親王はしばしばそのような歌の原郷に身を置こうとした。そうした詠風がもっとも顕著に現れたのは右のような歌である。中世的な美意識の側から万葉を歌枕として取材するという歌枕発掘型からさらに万葉に分け入ったのが万葉歌再生型である。万葉歌模倣型もその範囲内の歌であるが、次に上げたような歌は万葉歌の安易な模倣といわれても仕方がない。

下むせぶ思ひをふじの煙にて袖のなみだはなるさはのごと　（瓊玉集三七二）

さ寝らくは玉の緒ばかり恋ふらくは富士の高嶺の鳴沢の如　（万葉巻14・三三五八）

いかばかり恋ふるとかしる我せこが朝明の姿みずひさにして　（瓊玉集三七四）

我が背子が朝明の姿よく見ずて今日の間を恋ひくらすかも　（万葉巻12・二八四一）

播磨なる稲見の海に舟出して朝こぎゆけば大和島見ゆ　（瓊玉集四三一）

天離る夷《ひな》の長道《ながぢ》ゆ恋ひ来れば明石の門とり大和島見ゆ　（万葉巻3・二五五）

ゆきていさ衣にすらむひのくまのにほふ萩原いまさかりかも　（柳葉集五八二）

引馬野ににほふ榛原入り乱り衣にほはせ旅のしるしに　（万葉巻1・五七）

右のような歌を安易な模倣とするか、万葉歌の真摯な受容とするかは見方の分かれるところであろうが、万葉の調べに同調する感性が親王にあったことを示している。

親王の万葉学びは歌道師範の真観からの影響ばかりではなかった。鎌倉は仙覚律師が万葉集の研究に打ち込んだ土地であった。仙覚は将軍頼経の命を受け、源親行の研究を引き継いで校訂作業を進め、無点歌に新点を加え、注釈にも着手するなど万葉集研究史上画期的な業績を残したが、建長元年（一二五三）には新点歌と『仙覚律師奏覧状』を後嵯峨院に献上、その後も仙覚の校訂作業は続くが、文永二年（一二六五）の校訂本を宗尊親王に献上している。仙覚が校訂の一本に用いた鎌倉右大臣本はすでに親王の手元にあったと考えられる。親王はいつでも万葉集をひもとくことのできる立場であった。

小川剛生は、文永元年十月百首（柳葉集五六三〜六二六）の、遺されている六四首の内、万葉を取った歌が二六首に及ぶことを取り上げ、上代へのエキゾティシズム的感情は、珍しい地名への関心と径庭なく、万葉の精神を真に再生させるまでに及ばず、いわば「擬似万葉とでもいうべきか」と述べている。[5] 時代的な観念や感性を異にする中世の歌人が「万葉の精神を真に再生」できるはずはなく、そのような見方は避け難いのかもしれないが、問題はそれにもかかわらずなぜ万葉を摂取しようとしたのか、そこに中世和歌のいかなる課題が潜んでいたかということである。

　万葉歌と平安以降の和歌とは発想に大きな落差がある。万葉歌は歌人の置かれている環境や価値観も異にしており、歌人の階層もはるかに広汎に亘っていた。しかし和歌は伝統の文学である。広く先蹤を辿り由緒正しき表現を目指せば、自ずから万葉の重層的な世界にたどり着く。それを重んじた藤原六条家の碩学顕昭がしばしば厳密な用例主義に躓き、新風を求める御子左家の歌人の冷笑や批判を浴びたように、万葉学びには危険な一面があった。従って中世歌人の万葉学びは及び腰にならざるを得ない。親王も決して万葉に没入したわけではなく、次に述べるように概ね御子左家の主張に沿っており、典型的な中世の歌人といえよう。しかし宗尊には「擬似万葉」とばかりはいえないものがある。その点は親王の「述懐性」や叙景歌の特色と関わる問題として後に取り上げることになる。

2　業平追慕

宗尊親王は鎌倉下向の身を東下りの業平に重ねている。その心の底には稀代の色好みである業平への憧れがあった。親王に限らず中世の歌人が伊勢物語を重んじたのは、古今集に次いで重要な古典だったからであるが、親王には業平にわが身を重ねる必然性があった。

河の名もこととふ鳥もあらはれてすみたえぬるは都なりけり
（瓊玉集四四〇・宗尊親王三百首二八一）

この里はすみだかはらも程とをしいかなる鳥にみやことはまし
（瓊玉集四四一・柳葉集二一一四）

八橋のおりゐし沢の杜若はるばるきてもたれかみるらん
（竹風抄八四七）

一首目と二首目は、伊勢物語第九段の東下りの場面で詠まれた歌、

名にし負はばいざ事とはむ都鳥わが思ふ人はありやなしやと

に拠っている。昔男が隅田川に至ったとき、嘴と脚の赤い鴫の大きさの白い鳥を目撃する。渡し守に聞くと「都鳥」だという。それを聞き男はゆくりなく望郷の念に駆られてこの歌を詠ん

だという。古今集にも長い詞書をともなって採られている周知の歌である（古今集四一一）。

ここは東の国であるから、隅田川もこと問うべき都鳥も現実的だが、住み絶えてしまったのは自分であり、住むことができないのは都なのだなァ、と今更ながら自分の立場を悟ったのが一首目。「すみだ（川）」は物名《もののな》（隠題）となっている。河の名も鳥も洗われて（顕れて）きれいに「澄み」から「住み」へ展開するという、やや才気ばしった詠み方で、為家から「造立てたる事」と窘《たしな》められる欠点かもしれないが、親王歌の魅力のひとつでもある。鎌倉から隅田川まではまだ程遠い、隅田川には都鳥がいるというが、この地には都を想起させてくれる鳥がいない、いったいどんな鳥に都の消息を聞けばよいのか、と嘆いたのが二首目、宗尊が鎌倉に下向したのは弱冠十一歳の春であった。いかに都の公卿や女房たちに囲まれていたとはいえ、親王の鎌倉下向は旅ではない。数年後の帰還がほぼ間違いない国司の赴任などと違って、根拠地を関東に移すことに他ならない。さなきだに都人が都を離れるわびしさは現代人の理解をはるかに超える。

三首目は同じ東下りの章段、三河の国は八橋の地で男が詠んだ、

からごろもきつつなれにし妻しあればはるばるきぬる旅をしぞ思ふ

に拠っている。将軍の任を解かれて心ならずも都へ帰った頃の歌である。おそらく八橋は鎌倉

下向の折に初めて目にした名勝の地で実際に杜若が咲いていていたかもしれない。帰還の折は秋であったため、花を見ることはなかったが、親王は男の東下りに自らの旅を重ねたに違いない。業平は貴公子たち憧憬の色好みである。この上はない貴種であり、歌人として優れた資質に恵まれた若き親王が、理想の貴公子として造型された業平像に憧れを抱いたのは当然であろう。

またれこし都はおなじみやこにて我が身ぞあらぬわが身なりける　（竹風抄一〇五）

失意の底に沈淪する親王が依然として寄りすがったのは和歌であったが、再度目にする都は以前に変わらずとも、わが身にあらぬわが身をかこったのが右の歌で、いうまでもなく業平の

月やらぬ春や昔の春ならぬわが身ひとつはもとの身にして

（伊勢物語第四段・古今集七四七）

という著名な歌に拠っている。

定家は、殊に見習うべきものとして、古今・後撰・拾遺の三代集、人丸・貫之・忠岑・伊勢・小町などのことに優れた三十六人集の歌、そして伊勢物語をあげ、情《こころ》は新しさを重んじ、詞は旧きを以って用いるべきと説いている（『詠歌大概』）。新古今以降、詠歌の規範となった定家の指針は、万葉へのやや過剰な傾倒振りを除けば概ね親王もこれを守っている。親王の歌の大半はその範囲に収まるといいえよう。

親王の遺した歌の大半は題詠である。特に当時流行した百首・三百首などの定数歌は天象・人事の時空を細分化して題で抑え、それにしたがって詠み進み、一首が他の歌と響きあいながらひとつの宇宙を形成する歌い方である。歌人の置かれている個々の現実をはるかに超えた世界の創造を目指した有効な手法ではあったが、それでも個々の実態や生活ないし現実感覚も投影されてくる。秀歌はしばしば企画された概念である題に作者の生が投影された時に生まれる。「生の投影」は決して詠歌の目的ではなく、あくまで歌の成果は美的世界の形成にあるから、ある意味では優れた歌はイレギュラーの産物であるかもしれない。親王の生きた現実の思いは日常生活の中で詠まれたいわゆる褻《け》の歌のみならず随所に見られ、親王の歌に一定の色調を与えているが、それを見る前に、親王の歌の時代的共鳴の一端を取り上げることにしたい。

3　同時代の共鳴

身近な歌人達と

親王は為家を初めこれ以上はない歌の師に恵まれて詠歌に勤しんだ。孤立からは最も遠い歌人で、以下の例のように当然その時代の空気を反映した詠風を共有しつつ、同時代歌人と共鳴しあった。

たてまつらせ給し百首に、春雪

山たかみ風に乱れて散る花の面影つらき春のあは雪　（瓊玉集一一）

右の歌の「面影つらき」は、現存する文献に見る限り次の飛鳥井雅経に初めて用いられた歌語である。景の切なさを表している。

ききもせずみもせぬ山の嵐までおもかげつらき花の上かな　（明日香井和歌集三一二）

たび人のおもかげつらき鏡山うつればかはるちぎりなるらん　（同七〇三）

ちるはなののもりのかがみくもるらんおもかげつらきよもの嵐に　（同一二九四）

この歌語は雅経が特に愛用したものらしい。雅経の一首目は、まだ見ぬ山の風まで気になるほど花の危うさを思いやった歌、二首目は「傀儡《くぐつ》」の題で詠まれた歌、この場合はうかれ女《め》をいうらしい。うかれ女の夜毎に変る契りに思いを寄せて「おもかげつらき」と歌う。「うつる」は移るに映るを掛け、鏡の縁語となっている。三首目の「のもり」（野守）の鏡は水溜りのことで、そこに花が散るのを曇るといっている。新古今集の撰者であり親王より前の世代であるが、雅経は上に見たように和歌や蹴鞠において鎌倉から重んじられた公卿である。「面影つらき」は、親王の弟の性助法親王の歌（続拾遺集九五六）にも歌われている。

吉野山雲と雪との偽りをたがまこととか花の咲くらん　（瓊玉集五一）

やまざくらたがいつはりのつらさより雲と雪とのいろにみゆらん　（雅有集四四九）

衣々のあかつき山のほととぎす誰にわかれて音をば鳴らん　（宗尊親王家百五十番歌合　三十一番左）

けさはしもたれに別れて帰るらんわが身はなれぬ君がおもかげ　（隣女集二三一二）

「吉野山」の歌は、桜は雪や雲に紛うことから、「いつはり」といっている。「花とみするつまぎの雪のいつはりをおひてぞかへる冬のやま人」（秋篠月清集一三二〇）を踏まえているのかもしれない。誰のことばが真実だと知らせるように花が咲く、という親王の歌に対して、雅有は、誰が雪や雲に間違えてから花がそれに似るようになったのだろうと逆方向から歌っている。『雅有集』は弘安元・二年（一二七八・九）の歌と考えられているから、[6] 親王歌の影響である。

「衣々の」の歌は、杜鵑の初声を聞くと誰にともない恋心が掻き立てられる意の古今集の素性の歌「郭公はつこゑ聞けばあぢきなくぬしさだまらぬこひせらるはた」（古今一四三）に拠っているといわれているが、その杜鵑自身は誰ときぬぎぬの別れをして鳴いているのかと歌ったのが親王の歌で、いつまでもあなたの面影が身について離れない、今朝はいったい誰とわかれたのだろうか、といぶかしがって見せたのが雅有の歌。「誰に別れて」は特異な句であるが、この雅有歌は宗尊詠から直接受容した可能性があろうと言われている。[7]

水上にだれか御禊《みそぎ》をしかま河海に出でたるあさのゆふしで

（瓊玉集一四三・宗尊親王三百首和歌一〇〇）

水上にたれが禊をしかま河海に流るるなみのしらゆふ

（隣女集一一四一）

文応元年（一二六〇）成立の『宗尊親王三百首和歌』は、親王が雅有から三百首を召し加点をしたのを契機に詠出したと考えられており、雅有三百首と宗尊の三百首との間には、歌題・配列の上で、また素材・用語・発想などに相似することが指摘されている。[8] 雅経孫の雅有は親王とは同世代であり（雅有が一歳年長の二〇歳）主従を越えた親しい間柄であったと思われる。

飾磨河は早く万葉（三六〇五）に詠まれた歌枕で、恋歌の序などによく詠み込まれる川である（古今六帖一五七四以下）。ミソギをするの意から、シカマに転じたもので、特に飾磨河が禊の名所であったわけではない。この二首はほとんど同じ歌である。雅有のこの歌を収める『隣女集』の巻三は文永七・八年（一二七〇・七一）ごろの歌を集めたものであるから、親王の歌を雅有がなぞるように歌ったことになる。なお、雅有は禊に関して「なみのしらゆふ」で結ぶ歌をこれ以外に二首詠んでいる。

さばへなす神もなごしのみそぎがはさかきにかけよなみのしらゆふ

（雅有集二五一）

ちはやぶる神もなごしのはらへ草せぜにながるるなみのしらゆふ　(同四七五)

雅有が愛用した句であるらしい。

思ひそふねやもる月の影にまた猶いひしらぬ梅がかぞする　(瓊玉集二六)

軒近き梅のにほひもふかき夜のねやもる月にかほる春風　(風雅集一四二五　平久時)

「ねやもる月」といぅ優美ないいまわしは鎌倉時代初期から見られる。親王はそれに梅の香をとりあわせて春の風情を深めている。北条（平）久時は、赤橋流北条氏義宗の長男で世代的には時宗と同じである。六波羅探題や評定衆などの重責を歴任した歌人である。親王没年の二年前の文永九年（一二七二）生年であるから当然面識はないが、右の歌は親王からの影響のひとつであろう。

「ねやもる月」と梅の香の取り合わせは、さらに「春の夜の夢」という妖艶な句を加えて後の光厳院の歌に踏襲されている。

春の夜の驚く夢は跡もなしねやもる月に梅のかぞする　(新千載五四)

なお、新千載集は右の歌の前に次の親王の歌を置いている。

梅がかの身にしむとこは夢ならでねぬ夜かすめる月をみるかな　(新千載五三)

詠み継がれていく歌の流れをさながら写し取ったような配列である。

めぐりあふ命しらるる世なりとも猶うかるべき春の別れを　（瓊玉集九三）

かぎりありてめぐりあふべき命とも思はばこそは後もたのまめ

（続古今一一九七　中務卿親王家小督）

小督は、将軍頼経時代以来の歌人である後藤基政の娘で将軍家の女房。続古今集以下の勅撰集に六首入集した歌人である。親王の歌は「三月尽」を詠んだ季節歌であり小督の歌は恋歌となっている。どちらが先であったかはわからないが、詠歌の時空を共有する歌の共鳴を見るべきであろう。

閑寂なる境地への願望

山里は松の嵐の音こそあれ都には似ずしづかなりけり　（瓊玉集四五〇）

山里に吹く松風の風情は、平安末から中世へかけて次第に心惹かれる景として取り上げられるようになる。

松風の音もさびしき夕まぐれ鹿の声そふる秋の山里　（忠盛集四三）

松風の音あはれなる山里にさびしささそふ日ぐらしのこゑ　（西行法師家集五六九）

山里はひとり音する松風をながめやるにも秋の夕霧　（秋篠月清集一二三八）

あはれにもすみなれにけり山ざとを松の嵐に夢さめぬまで（千五百番歌合二八五八　公継）

西行の世捨て人としての生活実態の厳しさはともかく、没落の危機にさらされるうつつの世界をのがれて山里の閑寂な世界での自適を願望する、隠遁への憧憬は中世的な価値観のひとつである。絶えず京との違いを意識した親王の歌は生活実感であったと思われる。とすれば親王は鎌倉を世捨て人の住む世界に見立てていたのかもしれない。そしてその閑寂な世界を愛していたことになる。

いづち又あくがれよとて山里の心うかるる秋の来ぬらむ（瓊玉集一四八）

さらでだに心うかるる山里の夕暮ごとに秋かぜぞ吹く（影供歌合建長三年九月十三夜五一・続古今集一六八九　公基）

さらでだに心うかるる夕暮の雲のはたてに秋風ぞ吹く（文永二年禅林寺殿七百首「秋夕雲」為家集五六九）

たれとなくまたるるくれの中空に心うかるるはつかりの声（「藤大納言家、題をさぐり侍りしに、雁」長景集五〇）

「心うかるる○○」は中世以前には見られない用語で、公基の歌以降詠まれるようになった。物思いにかられて落ち着かない心の様をいう。瓊玉集は文永元年（一二六四）一〇月以前の歌を集めるから、三首目までの成立は公基、親王、為家の順となる。安達長景は秋田城介義景の子で、母は飛鳥井雅経の娘。兄の泰盛とともに幕府の重鎮であった。親王より五、六歳年下であったらしい。為氏の弟子であり、引用歌は為氏家での探題和歌である。

ほととぎす

うき身にもまたるる物を郭公心あれとはたれいとひけん　（瓊玉集一〇五・柳葉集二四二）

うき身にはつれなき山の時鳥たれにまかせて初音きかまし　（続古今集一五四六　素暹）

これらの歌は大伴家持の次の歌に拠っている。

ほととぎす夜鳴きをしつつわが背子を安寐な寝しめゆめ心あれ　（万葉巻19・四一七九）

この歌は中世になって本歌に据えられるようになった万葉歌である。

心あれやさ夜更け方の時鳥まつになくなりたま川のさと　（後鳥羽院御集七一二）

こころあれやしばし待たれて郭公ふけゆく月にあはれそふなり　（老若五十首歌合六一番左　建仁元年　忠良）

家持の歌は越中守の時代に越前に転出した下僚の大伴池主に贈った歌である。友恋しさの情を喚起する杜鵑の声で池主が安眠せず自分と同じように思い悩むことを願った歌である。「ゆめ」は「安寐な寝しめ」にかかり、決して安眠させるなとなる。「心あれ」はその声を待ち焦がれる人の心を知ってほしいの意であり、家持歌に拠る中世の他の歌もその意を踏襲する。しかし杜鵑の声は和歌では賞美されるが、かつて蜀の王が死して後も王位に復することを望んで蜀の国をなき渡ったという、いわゆる蜀魂の伝承があり、あの世から飛来するこの鳥には不吉な翳もあった。「うき身」にとっても待ち焦がれる声であるのにいったい誰が厭うのだろう、と親王は歌う。ことさら杜鵑に「心あれ」というのは、誰かが鳴くのを厭うからだというのであろう。素暹《そせん》も憂き身にはつれなくも鳴いてくれない杜鵑を歌う。同じく憂き身でも杜鵑を聞きたいという思いを歌っている。「たれにまかせて……」とは、辛い思いをしていない誰かの機縁で、聞くことができるのだろうかの意である。屈折した杜鵑の捉え方である。

素暹法師（東胤行。実朝死後の出家）は東重胤の子。主として将軍頼経の時代に活躍した。勅撰集に二二首入集する一流の歌人である。宗尊親王の命によって弘長二年（一二六二）九月成立した『三十六人大歌合』の作者でもあり、親王にも親しまれた鎌倉歌壇の重要な歌人であった。翌弘長三年八月六日、親王の夢に黄泉の国で苦しんでいる素暹が現れたという。

素暹法師患ふこと侍りけるが、限りに聞こえければ遣はしける

限りぞと聞くぞかなしき徒《あだ》し世のわかれは避《さ》らぬ慣《なら》ひなれども

かく辛き別れも知らで徒し世の慣ひとばかり何思ふらむ　（新後撰集一五一六　中務卿宗尊親王）

左記の歌は臨終近い素暹と親王の贈答歌である。　（同一五一七　素暹法師）

為家の影

我のみやたえぬ記念と忍ぶらんつらきが中の有明の月　（瓊玉集三九一）

記念とて見れば思ひのふかみ草なに中々ににほふなるらむ　（三百六十首和歌一四二　光俊）

「かたみ」に「記念」という漢語を当てたのは右の二首以外に例を見ない。真観（光俊）歌の成立期は不明だが、師真観の表記に興をそそられての作であったのかもしれない。「ふかみ草」は牡丹の和名。

真観の影響は上に取り上げた万葉学びに顕著に表れているが、親王がもっとも尊敬していたのは、接触の機会の多かった真観よりも、やはり御子左家の為家だったのではなかろうか。為家の影が感じられるいくつかの例を挙げておきたい。

よそにてはありともみえじ夏草のしげみにむすぶ野辺のかり庵　（瓊玉集一三三）

たれかこん山陰ふかき夏草にまかせてむすぶ野辺の仮いほ

（夫木抄一四三七〇　題「露のかりいほ　建長四年三首、山家夏草」　為家）

夏草と庵をモチーフとする右の歌の出発は、人麻呂の（万葉3・二五〇）の異伝歌「玉藻刈る処女を過ぎて夏草の野島の崎に庵りするわれは」で、古今和歌六帖に第二句を「としま」に変えて伝えられる（一八五二）。元は万葉であっても平安の歌として捉えなおされたのが古今和歌六帖の万葉歌であるから、為家の拠ったのは六帖の歌であったと考えられる。親王の歌の題は「野亭夏草」であり、題も六帖の歌から派生したものと思われ、為家歌との類似は偶然であったかもしれない。

袖触れてをらばけぬべしわぎも子がかざしの萩の花の上の露

（瓊玉集一七四）

をとめごがかざしの萩のはなのえに玉をかざれる秋の白露

（宝治百首一三二七・玉葉集五〇三　為家）

「かざし」と「萩」の取り合わせは万葉に三例（一五五九・二二二五・四二五三）見られるが、「露」を添えたのは「わが背子がかざしの萩に置く露をさやかに見よと月は照るらし」（万葉巻10・二二二五）である。為家はこの歌を参照したかと思われるが、この優美な景物はこの時代に再発見されたものらしい。宝治百首は、宝治二年（一二四八）後嵯峨院が続後撰集のために当時の主要歌人四〇人に詠進させた百首であるが、親王は幼少のため（当時七歳）詠進できなかった。穏やかに安定する為家歌に比べ、親王の歌には動きが加わり露の危うい美しさを切迫した調べに乗せて表出している。

浅茅原ねを鳴く虫のおもひまで身にしられたる秋の夕暮　（柳葉集七二三）

白露も身にしるものを秋風におのれうらむる虫のこゑかな　（為家千首七二一）

「身を知る」は古今の「身をしる雨」（七〇五）以下多く詠まれているが「身に知る」は中世の歌語である。秋の身に染みるようなわびしさを虫の身の上のこととして捉えた為家に対し、それを自らの思いに収斂させたところに、親王らしさがあるといえよう。なお、為家千首は貞応二年（一二二三）為家二五歳の八月に成立。現存する最古の完備した千首として貴重な作品である。『井蛙抄』によれば、自分の才が父の定家に遠く及ばないことに絶望して出家を志したが、慈鎮和尚からその若さを惜しまれ、出家は歌道の修練を積んだ後に考えるべきだと諭される。為家は意を決してわずか五日間で千首を詠み、披見した父から高く評価されたという。

ふしわびぬいかにねしよか草枕故郷人も夢にみえけむ　（瓊玉集四二五・柳葉集一三三五）

いかにぞとおもひやすらふこよひこそ故郷人の夢に見えつれ　（為家集一七九二）

旅中の侘び寝にあって故郷の都の恋しい人を夢に見るという状況設定に基づく作品で、為家の歌を初めとしてそれ以降少なからず歌われている。「故郷人」は古今集「さくらばな散らば散らなむ散らずとてふるさとびとの来ても見なくに」（七四）以来、様々なる場面設定の下に歌われてきたが、「夢」の中に置く例は中世までなかった。京から遠く隔たった親王は鎌倉の毎日を羇旅とみなしていたのだろうか。題詠とはいえ親王の実感に裏付けられた一首である。

あはぢしませとの吹わけ風はやし心してこげ沖津舟人　（瓊玉集四三二）

あはぢしましるしのけぶり見せわびてかすみをいとふ春の舟人　（新勅撰集一三三五　源通光）

塩風のなるとばかりにあはぢ島そがひにみえてわたる舟人　（夫木抄一〇五五五・弘長元年百首　為家）

淡路島は笠金村の歌（万葉6・九三五）など、瀬戸内の旅路で万葉集以来親しまれた歌枕であるが、右の三首いずれも航海の難所として歌われている。親王は潮風の激しさを、通光は標の煙が霞にまぎれる危険性を、潮風が鳴るから鳴門へ展じ、さらにそれに遭う意から地名の「あはぢ」へ連ねる手法の為家歌も、同じく危険な航海を風景のドラマとして捉えている。親王の歌は他の二首が舟をあくまで景として歌っているのに対し、景に参入して直接舟に呼びかける歌い方である。万葉集の高市黒人は船の旅で「わが船は比良の湊にこぎ泊てむ沖へなさかりさ夜ふけにけり」（万葉巻3・二七四）と詠んでいる。夜がふけたので沖の方に離れるなと船頭に命じるような表現に特色がある。黒人歌の影響も否定できない。親王の歌は「海旅」という題で詠まれた二首のひとつであるが、他の一首は、

播磨なる稲見の海に舟出して朝こぎ行けば大和島見ゆ　（瓊玉集四三一）

である。この歌も同じく万葉集の「天ざかる夷《ひな》の長道ゆ恋ひくれば明石の門より大和島見ゆ」（万葉巻3・二五五　柿本人麻呂）に拠っている。

なれてみる人の心はたのまれず誰をか山の友とちぎらん　（瓊玉集四七四）

いまよりはわがいほしめて住む山の友とは知るや嶺の松風　（洞院百首一六一七　為家）

「山の友」も中世以降の歌語であり右の例以下かなりの数にのぼる。上に挙げた「山里は松の嵐の」（瓊玉集四五〇）のように、山里の閑寂な世界への願望という時代的な憧憬にかかわって表出された歌である。ただ、「松風」を友とする為家に対して若き親王の歌はあくまで人に執着している。

世の中にとにもかくにもくるしきはたゞ身を思ふ心なりけり　（瓊玉集四八二）

霞みゆく難波の春の夕暮は心あれなど身を思ふかな　（雲葉和歌集七四　為家）

「身を思ふ」は以前に見られず中世になって流行した歌語である。類似するのは「身をしる雨」「身をしる袖」などと歌われる「身をしる」で、業平の、悲しみの涙をいう「身をしる雨」

（古今七〇五）を本歌に多く歌われるが、「身を思ふ」はより内省的な広がりのある歌語である。親王の歌は「雑御歌中に」という詞書で括られる六首のひとつであるが、他の歌も親王らしい述懐性を奏でている。現実の苦悩の原点が我が身を思う心そのものであるという認識は、為家のおおらかさに対して厳しく人の本性を突いている。

右の例は、時代的な共感の域を超えた親密な関係が、親王と為家との間に築かれていたことを示しているように思われる。

4　実朝を偲ぶ

宗尊は三代将軍実朝を常に意識させられたはずである。実朝に仕えた御家人も少なからず生存する中で、歌人将軍である実朝を公私にわたって踏襲し、日々実朝を生きた人であったといえよう。

二所へまうでさせける時

たのむぞといふもかしこし伊豆の海ふかき心はくみて知らん　（瓊玉集四一五）

箱根路をわがこえくれば伊豆の海や沖の小島に波の寄る見ゆ　（金槐集五九三）

つるの岡や秋の半ばの神祭ことしは余所に思ひこそやれ　（竹風抄五九一）

つるの岡あふぎてみれば峯の松梢はるかに雪ぞつもれる　（金槐集六二三）

二所詣は上に述べたように頼朝以来の将軍家の重要な行事である。まさに実朝の足跡を辿っての二所詣である。親王の歌は、参詣という主題にふさわしく、潮を汲むことによってその深い神の心を体感できるだろうと祈願の心を先立てて歌っているが、実朝のこの著名な歌は写実に徹している。万葉の高市黒人の羇旅歌「四極山《しはつやま》うち越えみれば笠縫の島こぎかくる棚無し小《を》舟《ぶね》」（万葉巻3・二七二）を髣髴とさせる。黒人のどこか孤愁を滲ませる声調とは違って青年らしい覇気がある。親王と実朝の資質の違いが象徴されているように思われる。

上に取り上げたが、文永二年春の二所詣において、月下に浦々島々が霞む風景の中で親王は「さびしさのかぎりとぞみるわたつうみのとを島かすむ春の夜の月（中書王御詠二一）と詠んでいる。翌年には鎌倉追放という苛烈な運命を知る由もない親王であるが、その孤立を先取りするようにのどかな春景を「さびしさのかぎり」と捉えている。覚えず述懐性があふれでた歌である。

「つるの岡」の歌は、文永三年（一二六六）八月百五十首歌の一首で題は「秋神祇」。「秋の半ばの神祭」とは八月一五日の鶴岡八幡宮の放生会である。宗尊はこの歌の一月前の七月に将軍職を追われている。この祭祀の主役であった自分は、この祭りを「余所に思ひ」やるしかない。口惜しさがにじみ出ている歌である。実朝の歌は冬の社を写実的に捉えている。

なお、武家精神の拠り所でありながら鶴岡八幡宮を詠んだ歌は意外に乏しく、鎌倉期の歌は三代執権の北条泰時（六華集五八）、基家の子基氏（新拾遺集六九九）、権僧正公朝（拾遺風体和歌集四八二）の各一首が伝えられているにすぎない。

八幡宮にこもりて　　僧正公朝

白たへの鶴が岡べにうつりきて昔のあとの袖の月影

公朝は従三位八条実文の子で北条朝時の猶子。親王を支えた有力歌人のひとりである。続古今集以下二七首入集した。

思ひせく人の心か山ざくら音の聞こえぬ滝とみゆるは（瓊玉集五四）

山風のさくら吹きまく音すなり吉野の滝の岩もとどろに（金槐集七六）

本歌は「思ひせく心の内の滝なれやおつとは見れど音のきこえぬ」（古今六帖一七一九　忠岑）である。歌枕の「音無しの滝」を「思ひせく心の滝」として捉えなおしている。宗尊の歌はこの歌に拠って散る花の風情を「音無しの滝」に見立てるという気の利いた趣向をこらす。いかにも伝統的な詠風に沿った中世歌人の特色を示している。実朝の歌（万代集二八〇九では初句

「はるかぜ」）は忠岑の歌を本歌にしたものではないが、同じ吉野の落花の風情を滝の音にまがう風音で表出する。あたかも嘱目の景であるごとく表現しているところに親王の歌との基本的な違いがある。

吹く風もこころあらなむあさぢふの露のやどりの秋の夕ぐれ　（瓊玉集一九五）

野となりてあとはたえにし深草も露のやどりに秋はきにけり　（金槐集一八五）

親王の歌は実朝の歌に拠ったものではなく、両者の類似は同じ中世歌人の趣向の共通性から生じたものであろう。「露のやどり」という言回しは、鎌倉初期にもてはやされた歌語であるらしく、式子内親王以下多く詠まれている。実朝の歌は左記の業平集の歌（伊勢物語百二十三段・古今集九七二）を本歌としている。

野とならばうづらとなりて鳴きをらんかりにだにやは人はこざらん

この歌は、「昔をとこ」が深草の里の女を妻としていたが、次第に「あきがた」になって、この里を自分が去っていったら、一層草深く寂れてしまうだろうか、という趣旨の歌を贈ったのに対する返しの歌である。「かり」に狩と仮が掛けてある。狩にくらいは（かりそめにぐらいは）訪ねてくれるでしょうか、の意である。伊勢物語はこの歌のすばらしさが男の愛をつなぎとめることになったと語っている。

この著名な業平歌は以下のように詠み継がれていく。

君なくてあれたるやどのあさぢふにうづらなくなり秋の夕暮　（後拾遺集三〇二　源時綱）

夕されば野辺の秋風みにしみてうづら鳴くなり深草のやど　（千載集二五九　俊成）

うづらなくふりにしさとの浅茅生にいくよの秋の露かおきけん　（金槐集二二一）

契りけんこれや昔のやどならんあさぢが原にうづらなくなり　（金槐集五五六）

いつよりかうづらのやどとなりぬらんあれにしまゝの庭のあさぢふ　（柳葉集三二八「鶉」）

うづらなく野べの浅茅の露の上に床をならべて月ぞやどれる　（宗尊親王三百首一三六）

「夕されば」は周知のように俊成の代表作である。寂しい秋の深草の風情を捉えているように見えながら、そこにはほのぼのとした恋の情感が重ねられている。宗尊も実朝も共にそのような「あはれ」を継承して秋の景に奥行きを与えようとした。実朝の庶幾したのもそのような歌であった。金槐集の大半はこのような王朝的な美の色調に染められている。実朝も紛れもなく中世の歌人であった。なお、親王の「うづらなく」の歌の「床をならべて」について、為家は「もとめたる様に候らく、猶障と存候」と記している。作為が目立って違和感を覚えたのである。

ものおもはでみしは昔の袖のうへにありしにもあらぬ月ぞことゝふ　（竹風抄七二〇）

思ひいでて昔をしのぶ袖のうへにありしにもあらぬ月ぞやどれる

（金槐集二七三・新勅撰集一〇七七）

「ものおもはで」の歌は文永六年五月の百首歌であるから、鎌倉を追われて三年を経過している。不遇の中なればこそいやましにまさる歌心である。袖・露（涙）・月の流れには、恋や懐旧の情が重なっていくが、小町の「吹きむすぶ風は昔の秋ながらありしにもあらぬ袖の露かな」（小町集九五）が本歌と思われる。定数歌ながら親王の「今」の心を詠んだとするなら、昔は将軍として思い悩むことなく目にした袖に、今は落魄の涙が落ちてかつては映ることのなかった月が訪れている、の意となる。金槐集の歌は「月」の題で詠まれたもので、実朝がしのんだ昔の実態はわからないが、恋のこころを詠んでいる。

実朝とのかかわりでさらに注目すべきは述懐性である。後に述べるように、親王の歌の顕著な特質に述懐性がある。今関敏子は金槐集の定家所伝本と貞享本では、時間の流れが異なっていることに着目し、定家所伝本の四季歌では時間の流れが円滑で循環し、貞享本の四季歌では冬は春に巡らず直進するが、その直進する時間は定家所伝本では雑四季にあるという論の中で、老人を主題にした雑四季歳暮の歌を取り上げ、「老人の身になった若い詠者が、殊更に、加齢による嘆く詠みぶり」の特異性を指摘する。[9]「老い」と歳暮とは歌題としてありふれているが、老いへの過剰な思い入れは実朝の特色のひとつであろう。不可逆的な時間の流れに兆す無常を最も顕著に露呈しているのが老いに他ならない。

老人、年の暮を憐む

老いぬれば年の暮れゆくたびごとにわが身ひとつと思ほゆるかな　（金槐集三九五）
白髪といひ老いる故《け》にや事しあれば年の早くも思ほゆるかな　（同三九四）
うち忘れはかなくてのみ過ぐしきぬあはれと思へ身につもる年　（同三九六）
あしびきの山より奥に宿もがな年の来まじき隠れ家にせむ　（同三九七）

（引用歌と配列は定家所伝本系統の群書類従本に、歌番号は貞享本系統の新編国歌大観本に従った）

これらの歌は、老いを実感として受け止めるすべのない若さの現実を遥かに踏み越えている。和歌は様式を踏襲する文学であるから歌題にしたがっていけば、おのずから現実の時空を超えることは不可能ではない。しかしここまで到達するのはただ事ではない。老いに達する遥か手前で兇刃に斃れる運命を予兆するかのごとき歌である。

親王にも歳暮あるいは冬の題で詠んだ年の暮れの歌は一〇数首あるが、「老い」に対しては実朝に比して現実の身に即して受け止めている。

三百首和歌の中に

かすむより霜夜に月をながめきてつもれば老いと暮るる年かな　（瓊玉集三一六）

歳暮

老いの坂まだすゑとをきいまだにも年のこゆるは惜しくやはあらぬ　（瓊玉集三一七・柳葉集五一二）

親王には老いは「まだすゑとをき」もので、一首目の「つもれば老い」にも現実感覚が伴っていない。「文永九年十一月比、なにとなくよみきたる歌どもを取りあつめて、百番にあはせて侍りし」という一連の歌の中で、「歳暮」の題で修められている歌に、年の暮れと「老い」にかかわるものがある。

なき跡の深き思ひに年くれて身さへふりゆく雪のかなしさ　（竹風抄九七二）

「なき跡」とは同年の文永九年二月に崩御した後嵯峨院のことであろう。わが身さえ古り（降り）ゆくと歌っているが、親王は三一歳にすぎない。掛詞にからめての「老い」であるに過ぎず、「老い」になりきって詠んだものではない。因みに親王が薨去したのは二年後の文永一一年であった。不可逆的に流れる命と季節の移ろいを重ねる基本的な認識を実朝と共有しながら、親王は若さを超えようとはしなかった。

実朝も親王も中世歌人として美意識を共有し時代に即応した詠風を目指している。多くは体験や生活実態を超えた美的な世界の構築に終始するが、生きた表現者である限り、地下水脈の如き生の実態や感性が詞のはざまを縫ってあふれることは避けがたい。上に挙げた「山風のさくら吹きまく音すなり」（金槐集七六）のように、表現者の感性がひとつの詠風として鮮やかに浮上することがある。親王との違いという観点から見た場合、次の例も興味深い。

荻の葉は風ふくごとに音づれて物思ひつつ秋は来にけり　（瓊玉集一五六）

たそかれに物思ひをればわが宿の荻の葉そよぎ秋風ぞふく（金槐集一一一・玉葉集四八六）

「秋」題で詠まれた「荻の葉」の歌は、後撰集のよみ人知らず歌「いとどしく物思ふ宿の荻の葉に秋とつげつる風のわびしさ」（後撰集二二〇）に拠ったものかと思われる。実朝の歌を親王が披見したかどうかはわからないが類想的な歌である。ただし、実朝の歌は万葉の額田王の歌「君待つとわが恋ひをればわが屋戸の簾うごかし秋風ぞ吹く」（万葉巻4・四八八）に調べが近似する。秋の到来を物象と心情との調和によって認識する親王の歌に対して、実朝の歌が実態の描写に向かっているところに両者の違いがある。

親王と実朝は共に和歌に深く傾倒した将軍でありながら、その和歌観にはかなりの違いがあったのではないだろうか。武家の苛烈なる精神の中で育まれた実朝は、おそらくは武を根底にした現実的な力に抗する形で、鎌倉の地に王朝の文化を香らせようとした。対して親王は武家の文化を王朝の雅で覆い、その膝下に押さえ込もうとしたように思われる。鎌倉の武家の精神性が運慶の仏像に象徴されるとすれば、武家の精神は質実剛健であり現実即応の力強さである。繊細な感性に恵まれた実朝の歌が、思わぬところであふれ出る伏流水のように写実的な力強さを見せるのは、実朝にとっては予期せざる地金の発露であったと思われる。万葉学びに関して、上に実朝が「体得の側」の人で宗尊親王などは「理解の側」の人であるという山岸徳平の説を取り上げたが、窪田章一郎は実朝に見られる万葉風を、実朝の資質に加えて東国人である将軍が持つことのできた現実性と京都歌壇からの距離からくる自由によると述べている[9]。筆を執る武人の指には弓矢の感覚が残っているのであろうか。現実を力で切り開いていく武人の感性である。

それに対して一一歳で将軍となった親王に、鎌倉や武士たちはどのような存在だったのか。異質な価値観が取り巻く異郷の地で、それを支配する立場に立たされた親王にとって武器となるのは王朝の雅以外にはありえなかった。その有効性を検証する戦いが和歌の行事であったが、親王の心は常に揺れ動いたに違いない。次の述べる親王の〈述懐性〉は実朝とは違った写実性とも関わって重要な意味を持っている。

注

1　山岸徳平「宗尊親王と其の和歌」『国語と国文学』24巻12号　一九四七年一二月
2　平田英夫「宗尊親王の万葉摂取歌についての一考察―鎌倉将軍時代に関して―」熊本大学『国語国文研究』33　一九九七年一二月
3　中川博夫「弘長元年の宗尊親王（一）―『宗尊親王家百五十番歌合』の詠作について」『古典研究』第一号　一九九二年一二月
4　樋口芳麻呂　新編古典文学大系『中世和歌集　鎌倉篇』
5　小川剛生『武士はなぜ歌を詠むか』「歌人将軍の統治の夢」角川書店　二〇〇八年七月
6　青木賢豪・田村柳壹「雅有集解題」「新編国歌大観」解題
7　注3に同じ
8　谷山茂「宗尊親王の文応三百首（下）―『続百首部類』考察（二）『女子大国文』京都女子大学国文学会　78号　一九七五年一二月　中村光子「宗尊親王『三百首和歌』と『隣女集』」『日本文学研究』大東文化大学　29号　一九九〇年二月
9　今関敏子『「金槐和歌集」の時空―定家所伝本の配列構成』和泉書院　二〇〇〇年八月
10　窪田章一郎「西行・実朝」『岩波講座・日本文学史　第五巻　中世』一九五八年一〇月

第六章　述懐性と写実

1　親王の述懐性

述懐性は親王の歌の顕著な特質として指摘されてきた。皇位こそ践めなかったものの親王は後嵯峨院の掌中の珠であり、天皇に準ずる権威として鎌倉に君臨した。従って親王歌の述懐性に将軍を追われるという悲劇を絡めて論じることは必ずしも有効ではない。悲劇は最初から見通されていたわけではなかった。親王が将軍を廃された前後（文永二年春から同四年頃）の歌を纏めて為家に批評を乞うた中書王御詠について、樋口芳麻呂は、将軍在位中の歌と失意の時期の歌を一様に配しながら、ほとんど違和感のないことを指摘し、「親王の暗い内向的な性格がうかがえる」と述べている。[1] 現実の輝きがそのまま心の明度になるとは限らない。蒲柳の質であったことが一因かもしれないが、生得の親王の心の翳りが親王歌に述懐性を帯びさせるのであろう。

述懐とは生老病死にかかわる四大辛苦や官途の停滞などの不遇に沈淪する心を述べることであり、恋の苦悩や旅のわびしさや死別の悲嘆などと違って、「あはれ」に結びつきがたく、基本的にめでたさや美しさを表出する和歌にはなじまなかった。しかし述懐は生の切実な問題であり、いずれは和歌においても避けて通れないテーマであった。歌集での「述懐」の初見は『大江千里集』であるが、特に歌合などの晴の場では述懐性は避けられてきた。しかしやがて歌題という枠を設けることで歌合にも取り入れられるようになった。大治三年（一一二八）八月二九日神祇伯顕仲の『西宮歌合』が初見として知られている。定数歌では『堀河百首』が初見。堀河天皇の長治二、三年（一一〇五、六）頃の成立で、百首歌が初めて公の場の歌となった記念碑的な作品である。源俊頼が、「述懐」の題以外の題において述懐風に詠んで注目された。例えば「春雨」の題で次のように詠んでいる。

つくづくと思へばかなし数ならぬ身をしる雨よをやみだにせよ　（堀河百首一六八）

草葉の緑や花の彩りを深める好ましい雨として詠むのがこの歌題の約束事であり、「数ならぬ身」を歌う俊頼の歌はそれを無視している。晴の歌においては、述懐性は述懐という題に従って詠むべきで、そこから溢れさせてしまうのはやはり望ましいことではなかった。親王の歌の場合も、晴の歌の主要な領域である季節歌の中にまで述懐性の心を滲ませている。親王のそうした傾向は歌学では瑕疵と見られていた。後世の正徹や細川幽斎は次のように述べている。

宗尊親王は四季の歌にも、良《やや》もすれば述懐を詠み給ひしを難に申しける也（『正徹物語』）

宗尊親王はさしも歌口にておはせしを、つねに為家卿御風体あしきの由いさめ申されしなり。果して世に用いられぬ。（細川幽斎『聞書全集』）

正徹が指摘するのは親王の次のような作品であろう。

はるごとにものおもへとや梅が香の身にしむばかりにほひそめけん
（柳葉集一三〇　弘長二年―一二六二―一一月の百首歌「梅」）

いかにせむ又こむまでのいのちだにたのまれぬよにかへるかりがね
（柳葉集三〇二　同年一二月の百首歌「帰雁」）

いざ人の心は知らず我のみぞかなしかりける春のあけぼの
（瓊玉集三一　文永元年―一二六四―一〇月以前三百首「春曙」）

よのうきにおふるあやめの草のいとのくるしや我身ねのみなかれて
（柳葉集四七七　同年六月　百番自歌合「菖蒲」）

夏の夜の雲のいづことおもひしに袖さへ月のやどりなりける
（同四七九「夏月」）

わが袖にかげをはのこせ冬の月草葉のうへはつねもむすばず
（同五〇九「冬月」）

いずれも親王二〇歳から二三歳までの作である。一首目の「ものおもへ」、三首目の「我のみぞかなしかりける」、四首目の「くるしや我身」などの苦悩の表出、五首目と六首目は袖の月を詠みながら優美な恋情が香っているようには見えない。特に二首目の次の秋までの「いのちだにたのまれぬ」という歌い方は尋常ではない。あるいは蒲柳の質であった親王にとってそれは実感であったかもしれないが、晴れの歌の代表である季の歌にはなじまない。親王もそれは十分に自覚していたはずである。

当然の事ながら、将軍解任の文永三年を挟む中書王御詠や竹風抄巻一の将軍解任直後の五百首歌や、巻二の文永五年一〇月の三百首には季の歌における述懐歌が特に多いが、上に触れたようにその傾向は将軍在位中から一貫した親王歌の色調であった。

季の歌にはなじまないことを自覚しながら、親王は季節の景とわきがたく結びついて、泉の如くあふれてくる述懐の情は捨てがたく、むしろそれを季の歌に置くことによって、歌の世界に現実の生を引き寄せようとしたのではなかろうか。この述懐性の問題を親王の資質という、ある種の偶然性によって説明することはさして意義のあることではない。従来の宗尊論はその域を出ていなかった。

2　述懐性の変遷

述懐性と現実感覚

述懐とは和歌にとって何なのか。この問題は和歌史にとって極めて重大である。万葉集においては憶良の貧や老病を歌った一部の歌を除いて述懐の歌はなく、苦悩は挽歌を除けばほとんど恋や羇旅の侘しさ（故郷の妻と隔てられている侘しさであるから、恋の苦悩の一類である）に限られる。漢文学が現実の自己や社会の認識に向かったのに対し、和歌がそれらを排除する方向に向かった理由は、おそらく歌が現実を至福の時空に変換させる呪力を持っていると信じられたからであり、そうした神の力のこもったことばに、うつつの生を託したことにある。

和歌表現は現実の自己や社会を認識する手立てではなかった。人が季節や景と調和し優美に推移していくことこそ御世の弥栄に他ならず、それを予祝的に表出するのが和歌の基本である。古今集以降四季の歌が晴れの歌の軸になるのは和歌史の必然であった。しかし、人は四大辛苦をはじめ多くの苦悩や不条理に絡められる存在であり、常にそれと向き合って生きなければならない。嘆きを嘆きとして受けとめ、あるいはそれを洒落のめして嗤わなければ心の鎮まらないのが人の情である。正調からはずれたそのような歌が、晴れの歌の背後でひそかに歌われていた。俳（誹）諧歌という枠組みに隔離しつつであったが、現実には勅撰集においても無視できない歌の領域があった。

述懐歌は発生的には人の現実に根ざしたいわゆる褻《け》の歌であった。勅撰集や歌合のような晴の世界がそのような述懐歌を無視できなかったのは、和歌がどこかで現実を担保していなければならなかったということであろう。現実を完全に手放してしまえば、和歌は文学としての真実性を喪失することになるだろう。新古今集の和歌はぎりぎりの瀬戸際に輝いていたといえよう。

例えば「紅旗征戎不有我事」と嘯く定家の、あくまで創作の次元でのことであるが、現実の不条理を徹底して拒否する凄まじい情念は、美の切れ味を際立たせている。美の背後に暗黒を立ち上がらせているからである。現実を拒否する冷徹さにおいて現実を引き寄せている。それが定家に代表される新古今の逆説であろう。

述懐は狭義には官途の停滞・病や老を嘆くことで、それは仏教的な無常観とも結びつき釈教歌に近い領域にまで広がっていくが、基本の所は現実直視の姿勢である。現実を直視して笑いが生じれば俳（誹）諧歌となり嘆きが生じれば述懐歌となる。だとすれば嘱目した景が感動を呼べば清新な叙景歌となる可能性がある。それは決して観念の景や理念的な美の構図からは発生しない。ただ和歌において現実直視を発想の契機にするのは容易なことではなかった。歌とは永年磨きぬかれてきた様式に従って表現するものだからであり、自己の表現が全てである現代短歌や現代詩とちがって、公の場において他者のことばと手を取り合うことが主流であったからである。日常における消息のやり取りや恋の贈答歌など実用的な歌、褻の歌においても、基本的には同じ制約下に置かれていた。述懐歌も例外ではなく様式に寄り添う形でしか表現できないのだか、様式に扶けられながら、あるいは様式に縛られながら現実感覚が身じろぎをするのが述懐歌であり、それが享受者の共感を呼ぶことになる。

現実感覚の表出は当然作者の現実あるいは真実への最も有力な回路である。もしそれを完全に手放してしまえば、和歌は間違いなく亡ぶことになる。和歌表現の洗練化には常にそのような危機が伴っていた。革新家の俊頼があえて季節歌に述懐性を引き込んだ背景には、亡びの危機が潜んでいたと思われる。

現実感覚や自己の存在を重んじ、和歌に現実の裏づけを与え続けた最も有力な歌人は、平安末から鎌倉初期にかけて生きた西行であろう。西行の今日に至るまでの根強い人気は時代的に重なる新古今撰者の俊英たちを越えている。恐らくその理由は西行の実人生が作品に投影されているからだと思う。宮廷文化の内部に生きることを捨て、なお宮廷文化の華たる和歌に身を委ねるという、ある種のいびつな精神から生じる特殊なアングルが西行の歌から感じられる。晴の歌からは消さなければならない詠み手の素顔が西行の歌には常にちらついているのである。述懐性の本性が自己の直視にあるとすれば、西行は述懐性を軸に置いた歌人であったことになる。感動と共感を呼ぶのは西行のそのような資質であろう。それを著名な三夕の歌を例に見てみよう。

三夕の歌

「秋の夕暮」で結ぶ著名な三首は、新古今集に左記の順に配列されている。

題しらず

さびしさはその色としもなかりけり槙立つ山の秋の夕暮　（新古今集三六一　寂蓮）

こころなき身にもあはれはしられけり鴫立つ沢の秋の夕暮　（同三六二　西行）

西行法師すすめて、百首歌よませ侍りけるに

みわたせば花ももみぢもなかりけり浦の苫屋の秋の夕暮　（同三六三　定家）

いずれも新たに見出された景としての秋の夕暮であり、作者の新鮮な驚き、実感が率直に表

出されているように歌われており、優劣を付けがたい秀吟である。寂蓮は寂しさとは縁遠いと思われている常緑樹の槙の山に夕暮の風情を見出し、定家は人の情感を誘いそれを彩るものを欠いた、墨絵のような枯淡な浦の夕暮のしみじみとした風情に心惹かれる。そこには景を前にした豊潤な詩精神が輝いている。しかし詠み手の現実を示唆するものは何も示されていない。それは少なくとも晴れの歌の正調である。西行は詠み手の現実そのものである「身」を提示する。「こころなき身」はこの歌では、風雅にも心奪われることのないはずの出家の身となる。「こころなき身」は「あはれ」を解する感性の乏しさをいう謙辞としても用いられるが、出家者に用いられることが多い。修行僧の実人生が顔を出しているのである。人一倍感性の豊かな西行が世捨て人の仮面をかぶり、その仮面を無効にさせるほどの風情を、仮面の内側の「われ」が発見してみせるという、屈折した表出は一歩誤れば嫌味に脱してしまう。西行の歌にはそのような危険性が常に付きまとっているが、人々の感動を呼ぶのはまさにその点であろう。

秋の夕暮を結句に据える歌は古今六帖（三七〇六）の伊勢の歌以下夥しい数に登る。秋の夕暮という景の演出の仕方は歌人の力量や資質の指標ともなりうる。それほど多くの歌人はこの景に惹き付けられている。俊頼の代表歌も「うづらなくまのの入り江の浜風に尾花なみよる秋の夕暮」（金葉集二　二三九）であった。宗尊親王もこの景に惹かれた歌人のひとりで、秋の夕暮歌は瓊玉集に一九首、柳葉集に一八首、中書王御詠に三首、そして竹風抄に一三首の、計五三首に上る。特に瓊玉集の一九三から二〇九までの一六首は、様々な折に詠まれた秋の夕暮歌で埋められている。

ながむればただ何となく物憂くて涙こぼるる秋の夕暮　（瓊玉集一九三）
おく露にぬるるたもとぞいで我を人なとがめそ秋の夕暮　（同一九四）
たへてなほすめばすめどもかなしきは雲ゐる山の秋の夕暮　（同一九八）
さびしさよながむる空のかはらずは都もかくや秋の夕暮　（同二〇〇）
尋ねばや世のうきことや聞こえぬと岩ほの中の秋の夕暮　（同二〇二）
袖のうへにとすればかかる涙かなあないひしらず秋の夕暮　（同二〇四）
思ひしる時にぞあるらし世の中のうきもつらきも秋の夕暮　（同二〇五）
うしとても身をやはすつるいで人はことのみぞよき秋の夕暮　（同二〇六）
涙こそこたへておつれうきことを心にとへば秋の夕暮　（同二〇七）
うき事をわするるまなくなげけとや村雲まよふ秋の夕暮　（同二〇八）

秋の夕暮とさびしさという情感は三夕の寂蓮の歌に見るように、秋の夕暮歌に共通する通念であるが、右の親王の歌は平均的な通念をはるかに超え、述懐性を過剰に溢れさせている。秋の夕暮のさびしさはしみじみとした情感に染められてこそ季の歌のめでたさを獲得する。親王の右の歌は、秋の夕暮の奥深い美を世の憂きことによって払拭している。夕暮の風情が涙川に沈んでしまうほど親王の嘆きは深いのであろうか。「良《やや》もすれば述懐を詠み給ひし」（『正徹物語』）と評されるのは、親王のこのような歌が歌の正調からはずれていたからである。

3　東《あずま》での感興

望郷の思い

述懐性は歌合・歌会あるいは定数歌などの晴の歌では往々にして不協和音となるが、作者の実人生が最もよく見えるのはこの述懐性においてである。なぜなら述懐性とは自己と向き合うことによって生じるからである。したがって述懐性の土壌は作者の日常性であり、それを映し出す褻《け》の歌において許容される。親王の歌の大半は定数歌や歌合などの晴の歌であり、実人生を契機とする褻の歌は必ずしも潤沢ではない。しかし親王は折に触れて痛切な思いを歌に託している。それは晴の歌へも溢れていくのだが、自己と向き合うという点において述懐性に通じる痛切な思いを吐露した歌を取り上げてみたい。

親王は後嵯峨院の第一皇子であり院の寵愛を一身に享けながら皇位を践めなかった。それは深い翳りを親王の心に与えていたに違いない。親王にとって将軍職がその代償となりえたかどうかはわからないが、少なくとも親王は在位中それをこの上なき名誉として受け容れ、東に君臨する気概を持ち続けた。将軍就任時一一歳の少年にとって、礼を尽くして迎える鎌倉の御家人たちの讃仰と畏敬のまなざしは、心を劇的に高揚させるものであった。様々な条件を付けなければならないだろうが、鎌倉の親王に寄せる期待は今日の想像をはるかに超えるだろう。天皇に最も近い権威を備えた親王を主に頂くことによって、鎌倉政権は磐石なものとなる、そのように受け止められていたに違いない。

オーラとカリスマ性と花を備えるのがスターの条件といわれるが、親王はまさにそのような存在であった。自らが放射する光に押しつぶされることのない靭さもあった。しかしその代償はきわめて重い。京をはるかに隔てた鄙の地に身を捧げなければならないことである。いかに補佐の公卿や女房に取り巻かれていたとはいえ、東下りは業平の漂泊の思いに通じている。ひとときの旅ではなく、ふたたび京を踏めるのかこころもとない根拠地の移動であるから、退路を断たれた思いであったと思われる。

崎初秋といふことを

都にははや吹きぬらし鎌倉のみこしが崎の秋の初風　（瓊玉集一四四）

和歌所にて、おのこども結番歌読侍ける次に

月みればあはれ都と忍ばれて猶ふる郷の秋ぞ忘れぬ　（同二一九）

（花月五十首に）

忘られぬ都の秋をいくめぐりおなじ東の月にこふらん　（同二三七）

六帖題をさぐりて、おのこども歌よみ侍けるに、故郷を

この里のすみうしとにはなけれどもなれし都ぞさすが恋しき　（同四五四）

たてまつらせ給ひし百首に、月を

あづまにて十年《ととせ》の秋はながめきぬいつか都の月をみるべき（瓊玉集二一八・柳葉集一八一）

弘長二年たてまつらせ給ひし百首に、同じ心（歳暮）を

あづまにてくれぬる歳をしるせれば五つのふたつ過ぎにけるかな　（同三一九）

一首目は、鎌倉の秋の訪れが京より遅いことに触れて望郷の思いを表出する。春は東から秋は西から訪れると考えられていた。鎌倉の見越が（の）崎は万葉の東歌に詠まれている。

鎌倉の見越しの崎の岩崩えの君が悔ゆべき心は持たじ　（万葉巻14・三三六五）

親王と重なる時代では次の笠間時朝や藤原経朝の歌がある。

いづるよりいるまで月をみつるかなみこしが崎に身をとど《ママ》めて　（時朝集二六二）

思ひやる末こそしらぬ浪まよりみこしのさきのあまのつり舟　（宝治百首三九〇三　経朝）

時朝は宇都宮歌壇の塩谷朝業（信生）の次男で、文永二年（一二六五）に六二歳で没した歌人。非参議正三位経朝は、従三位行能の子（実父は中納言頼資）建治二年（一二七六）六二歳で没した歌人で、続後撰集以下に一〇首入集。見越しの崎は水瀬川《みなのせがわ》と共に万葉に歌われた鎌倉の歌枕で、平安末期の藤原顕仲はこのふたつの歌枕（「崎」を「岳」に変えている）を一首に詠みこんでいる。

かまくらやみこしがたけに雪消えてみなのせ川に水まさるなり　（堀河百首一三八二）

見越しの崎が詠まれるようになったのはこの頃からのようである。なお、水瀬川は現在の稲瀬川である。

五首目と六首目の「あづまにて」の歌は、鎌倉に在住して十年経たことを歌っているが、他の歌も配列から見てほぼ同じ頃の作と思われる。親王にとって鎌倉は「すみうしとにはなけれども」と歌っているように、決して忌むべき「里」ではなかった。しかし望郷の念は押さえがたく、いささかのけれんみもなく率直に表出している。

おぼろ月夜を御らんじて

鎌倉見越しの崎　稲村ヶ崎

稲瀬川
石碑は鎌倉町青年団が大正 12 年に建てたもので、「万葉ニ美奈瀬河トアルハ此ノ河ナリ……」とある。

晴れがたき身の思ひこそうかりけれかすめる月も秋は待つらん　（瓊玉集三二一）

花御歌とて

植てみる我をや花のうらむらんうき宿からに人のとはねば　（同五八）

奉らせ給ひし百首に

人の身はならはし物を山里のすみよきまでになりにけるかな　（同四五二）

「晴れがたき身」「うき宿」と歌う心の底には常に望郷の念がわだかまっていたに違いない。鎌倉の将軍御所が「人とはぬ」さびれた「宿」であろうはずはない。才能豊かな公卿たちや若き近習に取り巻かれた現実に在りながら、時としてそこから放り出された親王の孤愁が歌題の「花」に投影される。人の目に触れない花のかなしい美は古今集以来歌われているが、花は親王の分身として歌われている。「人の身は」は古今集の「人の身もならはしものをあはずしていざ心みむこひやしぬると」（古今五一八）という恋歌に拠っているが、鎌倉の地が「すみよきまで」になったのは、辛さの堆積による諦念に他ならない。父の院からも母からも引き離されて、はるか東国に赴いた少年がけなげに将軍を演じ続けた歳月の孤独は測り知れない。

かなえられぬ上京

和歌は心に正直である必要はない。むしろ明るい調和的な世界を創造することによって、現実の苦難を乗り越えることが求められ、親王の和歌の学びも基本的にはそのように進められたと思う。しかしそれはどこかに無理が生じる。予期せざる情念の奔騰によって、精神の危機が解消される瞬間を親王はいくたびか経験したに違いない。述懐性の統御は親王にとっては難問であった。後に述べるように、やがて親王は述懐性に居直って心おきなくそれを表出する時を迎えることになる。

弘長三年（一二六三）八月、親王に上京の機会が訪れる。時に将軍在位一一年の二一歳。上京の試みはこれで二度目であったが、最初は将軍五年目にあたる正嘉二年（一二五八）、その時は自然災害によって諸国損亡、「民間愁あるが故」に延期されたが、この年も「大風によつて諸国損亡し百姓愁嘆するの間、撫民の儀をもつて、将軍家上洛延引」（『吾妻鏡』弘長三年八月廿六日の条）となった。将軍の上洛は、隋兵だけでも相模三郎時輔以下八七騎が定められるという大事業である。そのための課役は田一段に百文・五町に官駄一疋と役夫二人が諸国に宛てられるという膨大なものであり、親王の上洛はまたしても頓挫した。

直後に営まれた側近たちとの探題の歌会において、「浦舟」の題を得て詠んだ歌は上に見たところであるが（第四章2）、親王の口惜しさが率直に表出されていた。またしてもという思いが強く、同じ頃に詠まれた親王の次の歌にも絶望感が込められている。

今更になれし都そしのはるるまたいつとだにたのみなければ　（瓊玉集四五五）

景と心情の乖離

親王の述懐性は、歌題が担っている規範的な情趣とそれに添う心の姿、あるいは嘱目の景から引き出される普遍的な情感よりも、自身の心の現実を優先させるところから生じる。次の歌はそれを最も端的に語っているように思う。上洛を断念させられてから三年後の文永二年（一二六五）二月七日親王は二所詣でに進発している。次の歌も上に見たが（第二章1）、別の視点から再度取り上げることにする。

文永二年の春、伊豆山にまうでて侍りし夜、くもりもはてぬ月のいとのどかにて、浦々島々かすめるをみて

さびしさの限りとぞみるわたつうみのとをしまかすむ春の夜の月　（中書王御詠二一）

桜には少し早い頃であったが、詞書のように、朧ろの月に伊豆の島々が霞む「のどか」な景を前に親王はたたずんでいる。その景と歌の「さびしさの限り」とはどのような脈絡を持つの

だろうか。春の夜の朧な風景から引き出されてくる、普遍的な心情とはかけ離れてはいないか。「さびしさの限り」とは上に取り上げた「秋の夕暮」に親和する情緒であろう。万葉の家持は、「うらうらに照れる春日に雲雀《ひばり》あがり心悲しも独りし思へば」（万葉巻19・四二九二）と歌い、そののどかな春の景と「悲し」という心の、なんとも脈絡の危うい歌を詠んでいる。今日までの久しい和歌史の中で、著名なこの歌が近代まで省みられることのなかったのは、嘱目の景から引き出される普遍的な情感から逸脱していたからだろう。

親王の歌はそれと同じような歌い方がなされている。これも上に見た（第五章4）二所詣での歌「たのむぞといふもかしこし伊豆の海ふかき心はくみて知らん」（瓊玉集四一五）は、歌の配列から見て同じ時の作品だと思われる。将軍家としての公的な意識から詠まれたこの歌とは対蹠的な、親王の心の深みから捉えられた伊豆の海である。

景と心情との対応関係は時と場によって様々な展開がなされるが、そこには一定の法則性がある。それを歌の様式性とすれば、歌は様式性に添って表出するのが原則である。初学者の手ほどきの書としてもっとも優れているのは、『俊頼髄脳』であると思うが、題詠についての発言の中で俊頼は分かりやすい説明をしている。

題をもよみ、その事となるらむ折の歌は、思へばやすかりぬべき事なり。例へば、春のあしたにいつしかとよまむと思はゞ、佐保の山にかすみのころもをかけつれば、春の風にふきほころばせ、峯のこずゑをへだつれば、心やりてあくがらせ、梅のにほひにつけて鶯をさそひ、……歳くれぬれば送りむかふと何いそぐらむと思ひながら世のならひなれば、おのづから積りぬる事をなげきよむべきなり。

題詠は折々の季節の景に添わせていけば難しいことではない。例えば、春の訪れを願う場合は、歌枕の佐保山に霞の衣をたなびかせれば、衣は春風に綻び（花の開花を暗示）、春が峯の梢に隔てられている場合は心を憧れさせ、梅の香に鶯を誘わせ、……歳が暮れれば、歳月がなぜそのように急ぐのか、それが世の習いならば歳月の積りをなげき詠めばよい、という趣旨で、季の歌の場合、季節の移ろいにともなって揺れ動いていく心情を、季節の景に寄せて詠んでいけば題詠はけっして難しいことではないという。歌の様式性とはこのような景と心情との親和的な交流にある。

清新な叙景

様式性に添って表現されるのが歌であるが、様式性は景が美意識の篩にかけられて限定され、それに応ずる心情も同様な制約を受けるという隘路を抱え込んでいる。特に表現者を個の現実から解放させるはずの題詠は、逆に表現の幅を狭めるという危険性に晒されていた。歌が新しい表現世界を求めようとすれば、景と心情との新たな関係を生み出す他はない。その可能性は心情の持ち方にある。現実感覚を優先させ、景と心情との伝統的な親和性を越えるのも有力な方法であろう。季の歌にまで溢れる親王の述懐性は、現実感覚を優先させた心情の表出である。晴の歌としては瑕疵となりかねない西行の詠歌の構えに通じる。そのような軸足の据え方が親王の歌の特質であるが、それは叙景歌を成り立たせる契機でもあった。

現実感覚を契機として見えないものが見えてくる。親王の叙景歌には景の実態に即して捉えられたような新しさがある。もっとも叙景歌は現実の景に接している場合もあるが、必ずしもそれを条件とはしない。たとえ題詠であろうと、嘱目する姿勢で景が描写された歌は叙景歌であり、親王の歌に限らず当時の叙景歌の多くはそのような動機で表出される。親王にも上に挙げた二所詣の折の歌のように嘱目の歌はあるが、少なくとも将軍在位中は極めて乏しい。親王が景と切実に向き合ったのは、後に述べるように、鎌倉を追われて上洛する途上であった。景は親王の悲嘆に染めあげられ深い陰影を刻むことになった。景とのそのような出会いは思いがけない運命のいたずらがもたらした稀有な出来事ともいえようが、現実感覚を重んじる姿勢が根底にあったからである。

親王が真の悲嘆を知る以前には次のような清新な叙景歌があった。

かつ消えてたまらぬものは鶯の声する野辺の春のあは雪　（瓊玉集一三）

たえだえに里見えそむる山本の鳥の音さびし春のあけぼの　（同三三）

秋深くはやなりにけり千葉の沼《ぬ》の此手かしはの色づくみれば　（同二六五）

さだまらぬ冬のくもりのたびたびに風にまかせて降るしぐれかな　（同二七九）

山ふかみ風もはらはぬ松がえにつもりあまりておつる白雪　（同三一四）

右の歌はすべて定数歌で春雪・春曙・時雨などの題を詠んだ歌である。瓊玉集は文永元年（一二六四）親王二三歳の一〇月までの歌を収めるので、将軍家として覇気にあふれ自信に満ちた時代であったろうか。伸びやかで清新な詠風である。上（第五章1）にも取り上げた三首目の「秋深く」は、防人歌の「千葉の野《ぬ》の児手柏の含《ほほ》まれどあやにかなしみ置きて誰《た》が来《き》ぬ」（万葉巻20・四三八七）に拠っている。児手柏のように、蕾のままであの子を置いて来てしまったと嘆く防人の歌を、季の歌に転換させ、実際に千葉の野の児手柏の紅葉を見たように歌っている。鎌倉の人となった親王にとって、千葉の児手柏は都人よりはるかに身近なものに感じられたのであろう。五首目の「山ふかみ」は百首歌の中で松雪を詠む。松の雪が風ではなく、自らの重さによって落ちる様を歌うが、雪の多い深山の雰囲気を捉えて秀逸である。

親王の歌は続古今集に六七首採られ入集歌数の筆頭であるが、瓊玉集から続古今集に四八首が撰ばれている。その中にも伸びやかな叙景歌がある。例えば次のような歌である。

やきすてしあととも見えぬ夏草にいまはた燃えてゆくほたるかな

（続古今集二五七・瓊玉集一三六）

柞《ははそ》ちるいはたの小野の木枯らしに山路しぐれてかかるむらくも

（続古今集五七七・瓊玉集二八四・柳葉集一八八）

ひかげさす枯野のま葛霜とけてすぎにし秋にかへる露かな

（続古今集五九三・瓊玉集二九〇・宗尊親王三百首一八一）

一首目は、蛍から春の野焼きの火を連想するという、やや飛躍に過ぎるきらいはあるものの、思いがけない面白さがあり、二首目は万葉に歌われた歌枕（万葉巻9・一七三〇）の山科の石田を墨絵のような風景に仕立て上げている。三首目は、枯れた葛の霜が解けた陽だまりの景を描くが、霜が解けて露を帯びたようになっている様を、秋に帰るという奇抜な時間の遡上に乗せて、景に動きを与えている。一首目は弘長二年の『三十六人大歌合』の作品（三）であり、鎌倉中期の私撰詩歌集の『和漢兼作集』（四八五）に、二首目は、室町中期の類題歌集『題林愚抄』（四九三六）や『歌枕名寄』（二一七〇）にも採られている。『宗尊親王三百首』の三首目も

『三十六人大歌合』（一一）、後の衲叟馴窓の家集『雲玉集』（二七六）・『六花注』（一四〇）にも採られ、それぞれ親王の作品として高い評価を受けていたらしい。

瓊玉集に続く親王家集の中書王御詠は文永二年から同四年一〇月ごろまでの歌を収録する。将軍を解任され都へ追い返されるという思いがけない事件を挟み、述懐の色調を深くしながら次の竹風抄につながっていくが、それに呼応するように冴えた叙景の技を見ることができる。竹風抄は文永三年八月から文永九年一一月までの七年間の歌を収める。二年後の文永一一年に三三歳の若さで薨去した親王にとっては、中書王御詠・竹風抄は作歌活動の後半に当たる。次のような作品は親王の到達した歌境を示すものと考えられる。

文永六年四月廿八日、柿本影前にて講し侍りし百首歌

夕さればみどりの苔に鳥降りてしづかになりぬ苑の秋風　（竹風抄六三三）

稲妻（百首歌のなかに）

いなづまのひかりばかりに雲見えてゆふやみくらきをちの山のは　（中書王御詠九九）

文永三年十月五百首歌　鷺

たちいでて夕暮ごとにながむれば鷺とびわたるをちの山ぎは　（竹風抄二三三）

文永五年十月三百首　霧

雁なきてさむき朝けに見渡せば霧ほかなる山の端もなし　（竹風抄三八〇・玉葉集五九七）

舟よする遠かた人の袖みえてゆふ霧うすき秋の川なみ

（竹風抄三八二・続拾遺集二七七・　題林愚抄四二九八）

一首目の「夕されば」は、庭園の静謐が降りたつ鳥の動きによって定まる風情を見事に描きだしている。嘱目の印象を平明率直に表出することは、様式性に依存する当時においては、むしろ禁欲的な表現であった。

二首目は稲妻に照らし出された一瞬の景を的確に捉え、三首目は夕暮の鷺を秋を代表する景として定位させ、いずれも嘱目する詠み手の位置が明確に示されて景の輪郭が鮮明である。四首目は本文に脱落があるらしく、第四句の「ほかなる」の「ほ」の右に「の歟」という注記がある。それに従えば「霧のほかなる」となり、一応全ての山の端が霧に覆われていることになるものの、表現の不自然さは否めない。この歌は玉葉集に採られているが、それには「霧にこもらぬ」とあって、すっきりとしている。次の「舟よする」は西行の七夕歌「舟よする天の川瀬の夕暮れは涼しき風や吹き渡すらん」（西行法師家集一六八）に拠ったかと思われるが、地上の渡し場の描写であろう。

文永六年八月百首歌　　夏

五月雨ははれぬとみゆる雲間より山の色こき夕暮の空　（竹風抄七七七・玉葉集三五四）

同　冬

大井川すさきのあしはうづもれて浪にうきたる雪のひとむら　（同七九五・玉葉集九七一）

文永八年七月、千五百番歌合あるべしとて、内裏おほせられし百首　春

うらとをき難波の春の夕なぎに入日かすめる淡路島山　（同八三二・続拾遺集三七）

たえだえに霞のひまをもる月の光待ちとる花の色かな　（同八四二）

同　夏

雲間より日影すずしくうつろひて夕立はるる遠の山のは　（同八六三）

同　冬

みわたせば日影まじりに時雨して村雲うすき夕ぐれの山　（同八八七）

冬さむみ玉江の芦は霜かれてむれゐる鳥ぞ浪にたつなる　（同八九〇）

さゆる夜は磐つ浪のそのままにくだけて氷る滝つ山川　（同八九二）

文永六年の「五月雨は」は、梅雨空が見せる瞬時の光に照らし出された山の瑞々しい緑を捉えて印象的である。この歌が玉葉集に採られたのは、撰者京極為兼の庶幾する歌風を先取りし

ていたからであろう。次の「大井川」の着眼は絶妙で同じく玉葉集に採られている。以下文永八年七月の「うらとをき」から「みわたせば」までの四首は、玉葉集に採られた「五月雨」の歌と同じく、光と影が織り成す景の変化を捉えて絶妙である。終わりの二首の的確な観察も親王の新境地である。

右の「五月雨」「大井川」の歌を含めて親王の歌は玉葉集に二二首採られている。伏見院九三首・定家の六九首をはじめ、為家の五一首などに比べて決して多いとはいえないが、為兼自身の三六首、貫之二六首、人麻呂二四首と比べてさほどの遜色はない。三三歳で夭逝した歌人であることを思えば、親王の二二首は、為兼の共感を呼んだ証しとしても過言ではない。

上に源承の『和歌口伝』の反御子左派に対する批判を手がかりに、福田秀一が反御子左派の歌の特色を分析したことを取り上げたが（第三章1）、その特色は、表現の自由を狙い趣向に傾き過ぎる傾向があり、本歌取や禁制の詞について御子左歌学から比較的自由で、万葉を本歌にする場合が多いことであった。福田は『和歌口伝』の反御子左派に対する批判が、為兼の歌風とその歌学に対する論難の書である『野守の鏡』の批判と極めて似ていることを指摘し、「その狙ひや態度において為兼といくほどの距離もないと思われる知家・真観らを全く忘れ、為兼だけを称揚して鎌倉時代の和歌史・歌論史を説くのは片手落ち」[2]であると述べている。宗尊親王から為兼への流れを叙景の視点から観る本稿は「片手落ち」を聊かでも補うことになろうかと思う。

注

1　樋口芳麻呂「『中書王御詠』考」『中世和歌とその周辺』山崎俊夫編　笠間書院　一九八〇年四月
2　福田秀一『中世和歌史の研究』「第一章　鎌倉中期の反御子左派」角川書店　一九七二年三月

第七章　高邁な精神と挫折

1　将軍としての和歌

宗尊親王の和歌への傾倒ぶりは異常なほどであった。親王を和歌に没頭させたのは、自身の資質もさることながら、王朝文化の精髄である和歌に期するところがあったからに違いない。生の証しとしての和歌という、歌人に共通する創作への傾倒という次元を超えているように思われる。親王の和歌に寄せる深い思いは、次のような歌に示されている。

はまちどりむかしのあとを尋ねても猶道しらぬわかのうらなみ　（宗尊親王三百首二九六）
ことのはにひかりをそへよ玉つしまこの道まもる神ならば神　（柳葉集八五三）
このみちとおもひなしてや鶯の花になくねを神もきくらむ　（中書王御詠九）
あめつちをうごかす道と思ひしも昔なりけり大和ことの葉　（竹風抄一一二）
敷島のわが道まもるちかひあらばうき身なすてそすみよしの神　（同一二六五）

二首目の「玉つしま」は、和歌の神である玉津島明神である。一首目の「わかのうらなみ」はこの神が鎮座する和歌の浦を掛けている。玉津島明神は住吉明神と共に詠歌の上達を司る神として歌人たちによって久しく崇められてきた。四首目の「あめつちをうごかす道」とは、古今仮名序の「あめつちをうごかし、めに見えぬ鬼神をも、あはれとおもはせ、……」を踏んだ措辞であるが、この古今仮名序の和歌顕彰の言挙げは単なる文飾ではなく、文による統治の理念でもあった。時代は親王より少し下がるが、御子左家から分かれた京極為兼は次のように述べている。少し長いが重要な指摘があるのであえて引用する。

……されば和漢の字により候て、からの歌・やまと歌とは申し候へども、うちに動く心をほかにあらはして、紙にかき候事は、さらにかはるところなく候にや。文と申し候もひとつことばに候よしは、弘法大師の御趣旨にも委しく見えて候に、たぞ境に随ひておこる心を声に出し候事は、花になく鶯水にすむかはづ、すべて一切生類みなおなじことに候へば、いきとしいけるものいづれか歌をよまざりけるともいひ、……されば天地を動かし、鬼神をも感ぜしめ、治〻世みちともなり、群徳之祖、百福之宗也ともさだめられ、邪正をたゞし事是よりちかきはなしなど候にや……

(為兼卿和歌抄)

漢詩と和歌は文字は違っても、心の表現として紙に書いた場合は基本的には同じだが、声の次元では人間も他の生類も等しく、したがって和歌は自然の営みそのものであり、そこに「治世みち」や「正邪をただす」原理があるという趣旨である。

神代では禽獣をはじめ草木まで言挙げをすると観想されていた。天地の様々な声の中心にあるのが和歌であり、歌うとはそれらに調和と秩序をもたらすことである。古今序が和歌の始原をスサノヲノ命の「八雲たつ」に求め、その根拠を神の世界に置いたのは、和歌が持つ「治世みち」や「正邪をただす」原理だからである。その原理を、人の世界に限定される文字に対して、声の世界に据えなおして解き明かそうとしたのが為兼の論理であった。和歌の本性を「声」に置いたのは周知のように『古来風体抄』で、俊成はこの歌学書で「歌はただよみあげもし詠じもしたるに、何となく艶にもあはれにも聞ゆることのあるなるべし。もとより詠歌といひて、声につきてよくも悪しくも聞ゆるものなり」と述べている。「声」とは微妙な情趣を奏でることばの調べの諧いであろう。為兼はそれを宇宙の秩序を構成する原理として捉えなおしている。

この世の調和と秩序は歌を詠むことによってもたらされるという理念は、古今集以来の歌人たちの信念であった。

「あめつちをうごかす道」とは、治世や正邪の判断の根底にある和歌の本性であった。古今集を規範として発展した王朝和歌は、「あめつち」の秩序即ち滞りなく移ろっていく時間—季節を支え、美的に把握された空間—歌枕を掌握し続けた。それは和歌の美学の基本構造である。親王が鎌倉にありながら、歌枕を連ね四季の移ろいに心を遊ばせ、鎌倉という空間や現実を直視することの少なかったのはその故である。鎌倉歌壇が宗尊を得て一挙に花開いたのは、治世の精神的な支柱としての和歌の意義を、鎌倉武士がすでに理解し受け容れていたからである。

歌合や歌会といった歌の催しには、現代の合評会とは違い、一定のしきたりがあった。左右の歌を競わせる歌合を例にすれば、左右に方分けられた歌人や支持者の人たちが向かい合わせに着座し、判者・講師・読師・員刺などが作法に従って行事を進行させる。時として左右それぞれ趣向を凝らせた洲浜を設けて場を飾り立てることがある。歌人は歌合ごとのテーマに沿った題を詠むのであるが、それはまさに滞りなき時の流れと調和した世界の予祝的な創造であり、可視的な秩序の姿であった。

宮廷の儀式・行事は歌合と同様この世の秩序と美の可視的な顕示に他ならず、それを実修することが治世の根源であり、その中心に位置するのが天皇である。鎌倉御所の親王はまさにそれに準ずる存在である。和歌の催しは親王にとっては、将軍としての儀式・行事の中心であった。

親王が目指したのは、端的にいえば、文―和歌に代表される宮廷文化とそれを担う神聖な血筋―による武の支配であろう。親王はそれを実現させ得る地位にあった。少なくともそのような幻想をいだける立場にあった。京の朝廷が庶幾する王権の在り方である。

和歌が「あめつちをうごかす道」であるためには、歌学とともに帝王学が不可欠であった。親王が『三代御記』を読んだことが瓊玉集に詠まれている。

かきおける跡みるたびにいにしへのかしこき御代はしのばずもなし　（瓊玉集四五七）

弘長三年（一二六三）六月から八月にかけて、藤原茂範・清原教隆・藤原公敦らと『帝範』『臣軌』の談義を行っている（『吾妻鏡』）。帝王学の書の側近との読み合せは、経学に傾斜する鎌倉武家の学問的雰囲気と軌を一にするといわれるが[1]、武家たちと違うのは、経学の知を実現させる手段が和歌を軸にした〈文〉にしかなかったことである。

世を治めたみをたすくる心こそやがてみのりのまことなりけれ　（瓊玉集四二〇）

ありて身のかひやなからん国のため民のためにと思ひなさずば　（同四六一）

民やすく国おさまれと身ひとつに祈る心は神もうく（ぞしるイ）らん　（柳葉集二二六）

いくちよもうごきなくしてひさにへむあづまの国はいやさかえつつ　（同三五七）

親王の将軍としての覚悟の程が見られる。一首目の「世を治め」は釈教歌で「みのり」は仏法である。二首目は「述懐」、三首目は「神祇」、四首目は「祝」の題でそれぞれ詠まれている。いずれも親王でなければ詠むことのできない歌である。特に「いくちよも」の歌に込められた親王の思いは深い。望郷の念に駆られつつも、親王は鎌倉を愛していたのである。

なお、一首目の釈教歌は「百番御歌合」の歌として次の歌と共に詠まれている。

あひがたき御法の花をそれと見よ老いず死なずの薬尋ねば　（瓊玉集四一九）

不老長寿の願いは普遍的でありながら極めて個人的な欲望である。仏法は撫民の手段であると同時に個の救済の手立てでもあった。親王は為政者としての公的な顔がともすれば生に執着する弱さに翳る様をも率直に表出している。

2　羇旅の光と影

東海道の往還

親王の叙景歌は述懐性に通底する。自己の実態に向き合う姿勢は景の現実に目を据えることにつながっている。自己の体験や時間を超えた題詠に身を委ね、優美な世界の構築を目指しつつも、親王にはどこかで現実への回路を担保する意識があったに違いない。将軍解任という破局に遭遇した時の、一挙に噴出する痛切な声はそれを象徴している。

親王が鎌倉を発したのは文永三年七月八日、七夕の翌日である。同年一〇月に詠まれた「五百首」の「七月後朝」に七夕の朝の別れに自らを重ねた歌がある。

七夕の別し日よりわかれしにまた（一字虫損「た」を補う）はまたれぬふるさとの秋

（竹風抄二一四）

苛酷な現実が歌題を踏み抜いた一首である。この場合の「ふるさと」は京ではなく鎌倉であろう。中書王御詠では、「七月八日の暁　かまくらをいづとて」の詞書を伴って、同じように鎌倉との永遠の別れを歌っている。

めぐりあふ秋はたのまずたなばたのおなじわかれに袖はしぼれど　(中書王御詠二一二)

七夕であれば次の年のめぐり合いが可能だが、同じ別れでありながら自分には鎌倉との再会は望めないという悲痛な思いをこめた一首である。この歌を矢立のはじめとして、親王は以下のような歌を詠み連ねる。

あしがらをこゆとて
いかにせんいそきしまではせきするゑてうきにこえけるあしがらの山　(中書王御詠二一三)

蒲原といふ宿にとまりて侍りしに、月いとくまなかりしかば
露かかるたびねの床のあきの月涙はらはぬ袖にみるとも　(同二一四)
月だにも見しよの秋にかはれとやいまは涙にかきくらすらん　(同二一五)

手越宿にて月を見て
月もなほおなじかげにてすむものをいかにかはれるわがよなるらん　(同二一六)

宇津山にて

みやこへといそぐも夢かうつの山うつつともなきよにまよひつつ　（同二一九）

さやの中山をこゆとて

つゆはらふあさけの袖はひとへにて秋風さむしさやのなかやま　（同二二〇）

池田宿にてひとり月をみて

いかならむよにもといひし人はこずちぎらぬ月ぞ涙をもとふ　（同二二一）

浜名橋をすぐとて

いりうみのはまなのはしに日はくれて秋風わたるうらの松原　（同二二二）

橋本の宿を暁たつとて

たちまよふみなとの霧のあけがたに松原みえて月ぞのこれる　（同二二三）

高師山にて霧いとふかかりしかば

霧ふかきたかしの山のあきよりも我ぞ憂世にみちまよひぬる　（同二二四）

鳴海がたをすぐるに、舟のあまた沖にうかべるを見て

浪のうへにただよふ舟のうきてのみさすらひゆくはわが身なるらん　（同二二五）

小野宿にとまりて

うき身よに色かはりゆく浅茅生の小野のかりねの袖のつゆけき　（同二二六）

鏡山をみて

かくばかりうきめをや見む鏡山くもらぬかげのよにもうつらば　（同二二七）

野路にて

つゆ分るのちの笹原うきふしのあはれしげきはわがよなりけり　（同二二八）

会坂の関をこゆとて

あふさかのあらしのかぜにせきこえてさすらふる身のゆくゑしらずも　（同二二九）

いつはりのよにあふさかのいはしみづ清き心ぞこがくれにけり　（同二三〇）

うき（憂き）心に越えた足柄、涙の袖に映る神原の月、変らぬ月と激変したわが身を嘆く手越の宿、うつつともなき宇津の山越え、秋風の身にしみる小夜の中山、恋歌仕立てで身を嘆く池田の宿、秋風の吹き渡る浜名の橋、橋本の宿での暁の月、憂き世に迷う高師山、さすらいゆく思いの鳴海潟、仮寝の袖の涙に浮ぶ小野の宿の月、曇らぬ心が鏡に映ることを願う鏡山、浮き伏しの激しいわが身を嘆く野路、そして行方も知れずさすらう身を悲しみ、偽りの世にわが清い心が隠れたことを悲嘆する逢坂の関越えと、東海道を西に歌枕や宿場を詠みながら痛切な思いを歌ったのが右の一連である。

足柄の歌は、中宮少将が逢坂の関に寄せて障りがあって逢えない嘆きを歌った恋歌「いかにせんこひぢのすゑにせきすゑてゆけどもとほきあふさかの山」（新勅撰集七五五）に拠っている。さあどうしたものか、急いでいるときは関に遮られていたのに、憂き思いのままいつしか足柄の山を越えてしまっていたことよ、の意。「急ぎし」に「磯来し」を掛け、「磯」の縁で波枕の浮き寝に連ね、それに「憂き」を掛けている。この足柄を親王は他に次のように詠んでいる。

人やりの道なりければいきうしといはでぞこえし足柄の山　（中書王御詠二三三六）

しらざりし心地もさすが旅なれて山路いそぎし足柄の関　（柳葉集二八七）

月待ちていまこえゆかむ夕闇は道たどたどしあしがらの山　（柳葉集八〇八）

一首目は「旅歌とて」（二三三一～二三四二）と題する一二首の中にある。自分の意思によらない人やりの旅ではあるが、辛いとは言わずに越えた足柄峠であるから、鎌倉を目指す旅である。往時を回想

足柄古道の関所跡
右の首供養塚は関所破りをさらし首にした場所に建てられたもの

して詠んだものであろう。二首目は「弘長二年十一月百首歌」の「旅」の五首の一首、「夕やみは道たどたどし月待ちてかへれわがせこそのまにも見ん」（万葉巻四・七〇九、古今六帖三七二）に拠って歌った三首目は文永二年閏四月の「三百六十首」の歌であるから、鎌倉で詠んだ歌である。

中書王御詠の「旅歌とて」の中の次の歌も鎌倉へ下る旅を想い起こしての歌であろう。

わすれめや鳥の初音にたちわかれなくなくいでしふるさとの空　（中書王御詠二三一）
わすれめやのきの茅間《かやま》に雨もりて袖ほしかねし菊川のやど　（同二三四）
かひがねはかすかにだにもみえざりきなみだにくれしさやの中山　（同二三五）
くれぬとて清見が関にやどとへば浪こしにふくにほの松風　（同二三八）
としへたるすぎのこかげにこまとめて夕立すぐすふはのなかやま　（同二三九）
しげりあふつたもかえでももみぢしてこかげ秋なるうつの山越　（同二四〇）

同じく東海道を下った旅を歌う柳葉集の、「弘長二年十一月百首」の「旅」五首の他の四首は、足柄に至るまでの旅程に沿って次のように歌われている。

わすれずよ鳥の音つらくおとづれてあふさか越えし春の曙　（柳葉集二八三）
なにとなくわれにもあらぬ心地してさすらへ越えしさよの中山　（同二八四）
わすれずよきよみが関のなみまより霞てみえし三保の浦松　（同二八五）

ととせへておもへばゆめになりにけり霞をわけしうつの山越え　（同二八六）

鎌倉下向の旅は、「なくなくいでし」京（中書王御詠二三一）に後ろ髪を引かれ、身を業平の東下りに擬えるわびしさもあったが、乞われて将軍となる少年にとっては心浮き立つ思いもあったに違いない。対して将軍職を剝奪され罪人の如く京へ護送される悲嘆は測り知れない。この二つの旅は歌人宗尊親王の鮮烈な光と影である。

『散木奇歌集』の「悲嘆部」と親王の羇旅歌

京へ追いやられる親王の心中を吐露した旅の歌は享受者の胸に迫ってくるが、旅と悲嘆という設定で詠まれたものとしては親王以前の作品に源俊頼の『散木奇歌集』がある。親王の悲嘆が自らの過酷な運命にあったのに対し、俊頼の場合は大納言兼太宰権帥であった父経信との死別という違いはあったが、父に同行して大宰府に下っていた俊頼は、悲嘆の涙に暮れながら上京の旅を歌っている。経信の死は永長二年（一〇九七）であるから、親王の旅からおよそ一世紀半前である。共に都を目指す道行の悲嘆を歌っているのだが、俊頼と親王の歌にはかなりの違いがある。親王の歌の特色にも関わっているので、以下その点を述べることにする。

『散木奇歌集』第六の「悲嘆部」四八首の冒頭から三五首まで、父の葬儀に続いて旅の歌で

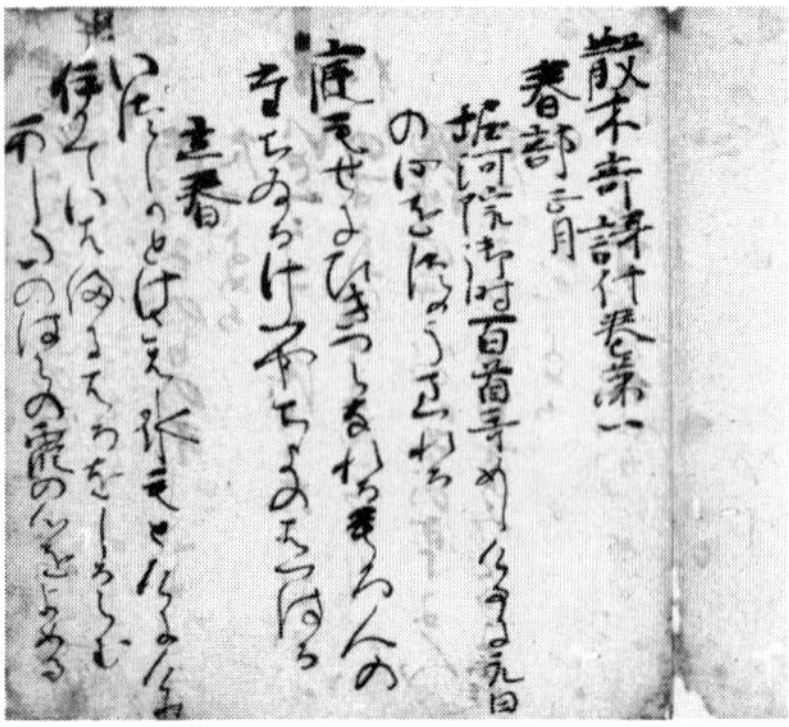

藤原定家筆『散木奇歌集』巻頭
（冷泉家時雨亭文庫蔵）

占められる。「悲嘆部」の歌は、「おのづから涙のひまにおぼえける事をわざとにはあらねど書置きたる……」（冒頭歌の詞書）とあるごとく、現実に即して自然に兆した感興にしたがって詠んだ歌である。定数歌などの主題を先立てた題詠のように殊更構えて詠んだ歌ではない。詠歌の動機は親王と同様である。葬儀を終えて上洛する旅の歌のうち、地名を詠み込んだ歌は二八首にのぼる。左記の歌はその一部である。

（かねのみさき）
おとに聞くかねのみさきはつきもせずなく声ひびくわたりなりけり　（散木奇歌集七八八）

（もじの関）
ゆき過ぐる心はもじの関屋よりとどめぬさへぞかき乱りける　（同七九三）

（あかま）
君こふとおさふる袖はあかまにてうみにしられぬ波ぞたちける　（同七九四）

たつ波のひく島にすむあまだにもまたたひらかにありけるものを　（同七九五）
（むべ）
鳥の音も涙もよほす心ちしてむべこそ袖はかはかざりけれ　（同七九六）
（くちなし）
くちなしの泊りときけば身にしみていひもやられぬ物をこそ思へ　（同七九七）
（むろづみ　かまど）
むろづみやかまどを過ぐる船なれば物を思ひにこがれてぞ行く　（同七九八）

宗尊親王の旅の歌との比較の上で、大きく隔たっているのは、俊頼の地名の詠み方である。一首目の「かねのみさき」（筑前宗像の鐘崎）は他のことばと緊密な構造体をなしている。すなわち「つきもせず」の「つき」は、「撞く」と「尽き」の掛詞で、「音」「ひびく」と共に「かね」（鐘）の縁語を形成する。二首目の「もじ」（門司）の関」の「もじ」（文字と門司を掛ける）は「かき」（書きと掻きを掛ける）と縁語関係になっている。三首目は、地名の「あかま」（赤間）と紅涙の赤をかけている。「波」は赤間の海の波に対する涙の波である。四首目は、たつ波が引く、そのひくしま（引島）とつづき、浮き海布《め》（憂き目）を見るというあま（海人）さへもとの展開する。「たひらかに」の「たひ」に引島の「鯛」を隠し題として詠み込んでいる。いわゆる物名歌仕立てである。五首目の「むべ」（備後の武倍）は、本当にの意の「宜（むべ）」と掛詞になっている。六首目の「くちなし」（安芸沼隈郡の港）は、植物のくちなしに見立て、「山吹の花色衣ぬしやたれとへどこたへずくちなしにして」（古今集一〇一二）に拠って、「いひもやられぬ」（口がないので言えない）と展開する。最後の「むろつみ」（長門の室積）「かまど」（竈島あるいは釜戸島とも。長門の上関か）の「むろ」は旅の宿泊所を指すが、物を暖める室（むろ）を掛け、「かまど」とのかかわりを持たせる。「思ひこがれ」の「こがれ」には「漕がれむ「焦がれ」が掛けてある。「思ひ」の「ひ」（火）と「焦がれ」は「かまど」の縁語である。

右に見たように俊頼の歌は、物名・掛詞・縁語などを駆使して、地名を他のことばと緊密な関係を持たせ、代替不可能な緊密な構造体の一部に仕立てている。そして悲嘆の心はそのままに洒脱な遊びの世界を形成する。しかしそれは俊頼独自の特殊な歌ではなく、古今集以来の平安和歌の典型でもあった。地名を土地の名から離脱させ、他のことばとの間に緊密な意味関係を紡いでゆくこの歌い方は、俊頼の右の一連にその極限的な姿をみるが、中世和歌の地名の詠み方も、大なり小なり俊頼のような詠み方を踏襲する。

親王は地名をどのように詠みこんだのだろうか。上に挙げた親王の鎌倉を追われた時の旅の一七首中、詠んだ地名は、足柄山・宇津の山・小夜の中山・浜名の橋・高師の山・小野・鏡山・

逢坂山の八箇所一〇首である。そのうち、地名が他の意味に転換されて歌われているのは次の五首にすぎず、俊頼の歌との大きな違いがある。

いかにせんいそきしまではせきするゑてうきにこえけるあしがらの山　（中書王御詠一一三）
みやこへといそぐも夢かうつの山うつつともなきよにまよひつつ　（同一一九）
いりうみのはまなのはしに日はくれて秋風わたるうらの松原　（同一二二）
かくばかりうきめをや見む鏡山くもらぬかげのよにもうつらば　（同一二七）
いつはりのよにあふさかのいはしみづ清き心ぞこがくれにけり　（同一三〇）

右の歌がそれであるが、足柄を詠んだ一首目は、「こえけるアシ（足）」から掛詞によって「アシ（足）柄」へ転じたものと考えられる。二首目は、「夢かうつつか」という慣用句から「うつの山」を起こし、それを序として「うつつともなき」に展開させている。浜名の橋を歌った「いりうみの」の歌では、「わたる」が橋の縁語。鏡山を詠んだ歌は、「見む」「くもらぬ」「うつらば」が鏡の縁となっている。逢坂を詠んだ歌は、偽りの世に「あふ」から「あふさか」へ転換させている。

小夜の中山・高師山・小野・野路はそれぞれ歌枕の詠み慣わしに従って詠まれているにすぎず、一首の中での緊密な構造化に参与しない。なお、宇津の山・浜名の橋・鏡山・あふ坂は、親王の師である為家も次のように詠んでいる。

都まで夢にもいかでつげやらんうつの山辺をけふこえぬとも　(為家集一三四四)
白妙のはまなの橋の霜の上にながきよわたる冬の月かげ　(同一三六六)
あふ坂は行くもかへるもわかれぢの人だのめなる名のみふりつつ　(同一三四八)
冬ふかきわが身も雪の鏡山なほふりぬべきほどぞしらるる　(同一三四九)

初めの三首は、建長五年(一二五三)一〇月の作であるから、親王が将軍のなった翌年の歌である。鏡山の歌は貞応二年(一二二三)の作。一首目は、親王と同じく夢とうつつの関係でうつの山を詠み込んでいる。浜名の橋の歌も、同じく「わたる」を縁語にする。素性の「これやこのゆくも帰るも別れつつしるもしらぬもあふさかの関」(素性集四七・後撰集一〇八九)を本歌にする三首目は、当然逢坂に「逢ふ」を掛ける。四首目の鏡山は、身を冬の鏡山に見立てたもので、「ふり」に雪の「降り」と我が身の「古り」、それに神代の時代からの鏡山の「古り」が懸けてあり、雪の縁語となっている。

俊頼の奔放自在な連想の飛翔に比べれば、はるかに抑制的で穏健な歌い方である。親王の歌は、さらに抑制的で地名を地名として抑える傾向がある。地名を土地の名としてのみ受け止めるとは、より事実に即した歌い方である。現実と向き合い、それを率直に歌う写実性を機軸とした詠風に他ならない。万葉にも地名を序として用いたり、「吾妹子に逢坂山に」（巻10・二二八三）・「妹が袖巻来《まきき》の山の」（巻10・二一八七）といった詠みこみ方もあるが、総じて地名は地名として歌っている。地名と歌い手の現実的な出会いは必然であっても、歌表現の上では必ずしも必然性を持たない。つまりは他の地名と置き換えても、一首の意味の連鎖に破綻を生じさせないのである。上にもその点に触れたが、親王の歌の例で言えば、菊川を詠んだ歌、

わすれめやのきの茅間《かやま》に雨もりて袖ほしかねし菊川のやど　（中書王御詠二三四）

の「菊川のやど」の「菊」はどのように生かされているのだろうか。袖と菊との優美な取り合わせはそれまで少なからぬ秀歌をもたらしてきた。

にほひくる山下水をとめてゆけばま袖に菊のつゆぞうつろふ　（長秋詠藻二五八）

形見かなくれゆく秋をうらみつつけふつむ袖ににほふ白菊　（拾遺愚草二三二六）

右のように、袖は菊に触れることによって「にほふ」のであるが、雨漏りによって濡れ干しかねているわびしい袖は、どれほどの親和性を菊との間に持つことができるのだろうか。地名の「菊川」は一首の中に生かされているとは言い難い。むしろ袖と菊の優美な取り合わせをなりたたせない、わびしく辛い旅の厳しさが捉えられていると見るべきかとも思われるが、辛い宿りをした場所がたまたま菊川であったに過ぎないように見える。もしさうだとすれば、この

歌の「菊川のやど」は例えば「橋本の宿」（同一二三三）と入れ替えても、さしたる風情の変化もなく、少なくとも歌表現の上では破綻しないのである。

それに対して同じ宿を詠んだ為家の歌、

神な月又うつろはぬ菊川に里をわかれず秋ぞのこれる　（為家集一三五八）

この歌の「菊川」は地名とは別に植物の菊の意を生かして、「うつろはぬ」という語と緊密な関係を紡いでおり、季節の秋と関らせて、菊川を代替不可能な語として定位する。俊頼の歌と共通する表現構造である。親王はそのような軽妙洒脱なことばの飛躍を封印しているように見える。現実と心の形に向き合い、それを率直に表出するところに親王のこの時点での羇旅歌の特色がある。親王の歌が述懐性を帯び、清新な叙景歌を生み出すのも、親王に歌表現において、現実への回路を確保しようとする意識があったからである。

3　顧みられる鎌倉

文永三年（一二六六）七月、親王は謀反の罪によって鎌倉を追われた。時に親王は二五歳、在位十五年に及び、限定的であるにしても次第に威令が行き亘るようになったと想像される。

時の執権は三代執権泰時の弟の政村で、当時六二歳、北条一族の長老的存在であり、和歌に長じた一級の教養人であった。政村の常盤亭は親王の御所に準ずる鎌倉歌壇の拠点でもあった。執権職は五代の時頼から得宗家からはずれ、泰時の甥の長時から政村へ継承されていたが、時頼の嫡男時宗の成長を待つまでのつなぎであった。時に時宗は一六歳、上に述べたように六年前の正元二年一月二〇日、御所の置かれた昼番衆に当時わずか一〇歳の時宗と兄の時輔が加わっているが、親王と時宗の表向きの主従関係はこのような形で始まったようである。

同年親王と小侍所の別当であった時宗との間に確執が生じたらしいことは上に述べたが（第二章1）、対立は小侍所という職務に限定されるものではなく、その根は将軍家と北条氏との歴史的な関係にあった。つまるところ将軍家の権威と北条氏の権力との危うい バランスに関わっていた。

親王と穏健な教養人政村との和歌を通しての親密な関係は政情の安定に寄与する所大であったと思われるが、親王と時宗との年齢差には微妙な問題が入り込みやすい。将軍から「宗」の一字を授けられ時宗と名のる一六歳の少年にとって、烏帽子親でもある将軍宗尊は権威・才学・教養、人間性の全てにおいて抗すべくもない輝かしい存在であったに違いない。他方親王はこの少年を愛し期待を寄せていたと思われる。

親王の時頼への深い信頼はその嫡男である時宗にも及んでいる。親王は幾度か時宗の山内亭を訪れて遊興を楽しんでいる。弘長元年（一二六一）四月重時の新造なった極楽寺を訪れた折には、時宗の小笠懸の妙技に感嘆したという。また将軍職罷免事件の前年には以下のような出来事があった。御息所（宰子）の「御懐孕」の忌みによって、親王は鶴岡八幡宮の放生会に臨席できなくなってしまった。なんとしても馬場の儀（流鏑馬）を観たい親王はお忍びで時宗の桟敷に紛れ込む。お忍びといっても乗輿を用い一〇数人の供奉を引き連れていることから、将軍家の私事であるという形をとったに過ぎない公然たる行為であろうが、いずれにしろ時宗へ寄せる親愛の情なくしては有り得ない出来である。

政村に関しては以下のような出来事が伝えられている。親王がお忍びで流鏑馬を見た放生会のひと月前の七月一〇日、宰子は産所と定められた左近大夫将監北条宗政亭に移るが、親王は一六日にまず政村の小町亭に入り、その日の内に宗政亭に渡る。たまたまその日政村の娘が宗政へ嫁入りをする儀があり、政村亭は親王の入御と婚礼が重なっておおわらわであったが、「この間父朝臣つひに御前の座を起たれず」暁に及ぶまでひたすら将軍家に礼を尽くしたという。『吾妻鏡』は「時の美談なり」と記している。なお、宗政は時宗の同母（重時娘）の弟で時に一三歳、時宗の後を享けて小侍所別当に就任していた。九月に宰子はこの産所で姫宮（掄子）を産んでいる。

宗尊親王と政村・時宗とは基本的には信頼関係で結ばれていたと思われる。少なくとも表向きには現執権と次期執権の親王への忠誠に揺るぎはなかった。

事件はそのような状況下に突如として起こった。『吾妻鏡』や『外記日記』にその経緯が記されているが、必ずしも親王失脚の真相は定かではない。異変は『吾妻鏡』の文永三年三月六日の条の、親王が木工権頭親家を内々の使いとして上洛させたことから展開する。親家は親王に従って鎌倉に下った廷臣のひとりで諸行事に供奉した近臣である。使者の趣は、親王の護持僧を勤めた僧正良基と御息所宰子との密通であったらしい（七月八日の『外記日記』に「関東将軍御息所日頃□□□殿僧正良基露顕之間被奉追出於下第可有御上洛云々」とある）。使者の親家は六月五日に帰参、その間、左少弁経任が院の使いとして関東に下向。事実関係の把握のためかといわれている。

六月二〇日、時宗の亭にて政村及びその娘婿の実時そして安達泰盛らと「深秘御沙汰」があった。実時と安達泰盛は文永元年（一二六四）共に問注所管轄下の越訴奉行に就任した仲であった。安達氏は泰盛の父の義景が宝治合戦に活躍して以来北条氏に次ぐ有力御家人である。実時と時宗は共に小侍所別当を勤めて以来強い絆で結ばれていた。すでに述べたように実時は金沢

安達泰盛の館（『蒙古襲来絵詞』宮内庁三の丸尚蔵館蔵）

文庫の創設者である。執権の政村以下のこの四人の間で親王の運命を決定する秘密会議がもたれたことになる。

その日良基は逐電している。六月二三日には、御息所と姫宮は御所を退出して山内殿に、若宮の惟康は時宗亭にそれぞれ入御する。それぞれに多くの人が馳せ参じ鎌倉中が騒然となる。この異常事態を契機に七月にかけて近国の御家人は「蜂の如く競集」し巷にあふれたという。七月三日には庶民は家屋を破壊し、家財を運び出すなど混乱を極め、甲冑を着けた武士たちが東西より馳せ集まって時宗亭の門外を窺うという不穏な成り行きとなった。その間、御所と時宗亭との間に使者が往復すること三度に及んだという。

このような非常事態の場合将軍家は執権の亭に

入御し、しかるべき人々が営中に参じて警護すべきだか、この度はその儀なく、世間はこれを怪しんだという。翌日の七月四日、名越教時が薬師堂谷の亭より甲冑の軍兵数十騎を引きつれ塔辻の宿所に至ったが、時宗の制止に従うという事態となり、鎌倉の混乱はようやく鎮静に向かった。その日の宵（戌の刻）将軍家は勝円（北条時盛）の佐助の亭に女房輿で入御。御所の北門を出て、赤橋を西に行き、武蔵大路を経るという経路を辿ったが、赤橋の前では御輿を若宮のほうに向けてしばらく御祈念あり、御詠歌に及ぶと『吾妻鏡』は記す。『外記日記』の七月九日の条には、「関東飛脚到来糟屋三郎合田入道将軍御謀反事云々仍将軍奉出越後入道時盛宅奉守護急可有御上洛云々」と記されている。

木工権頭親家を上洛させた三月六日以降の右のような経緯をどのように見ればよいのか、かなりの難問となる。密通事件が事実であり、それが発端であったことはほぼ確かであろうが、なぜ「将軍御謀反」となるのか、時宗亭での「深秘御沙汰」や時宗と御所との遣り取りの内容も不明であり、どんなことをきっかけに鎌倉が戦場さながらに動揺したのか明確な根拠はなく、いたずらに推測を駆り立てるだけである。

この事件についての諸説を踏まえつつ、行き届いた考察を加えたのは樋口芳麻呂の論考である。[2]樋口論は、親王が独断で内々の使者を上京させたことが、時宗・政村に疑心暗鬼を呼んだこと、親王と御息所の対立がそれぞれに同情者・支持者を作って不穏な空気を幕府にかもし出したこと、親王側近の武士たちが疑惑の目で見られたことなどに言及しつつ、その根底には、文芸愛好の皇族将軍と尚武の北条得宗では肌合いの違い、親王二五歳、時宗十六歳という微妙な年齢差、将軍家と反得宗勢力の結びつきは極度に警戒しなければならなかったこと、などがあることを指摘している。

得宗家の極度の警戒は、将軍にとって行政機構のトップである執権が得宗家である必然性がないことに発する。得宗家どころか北条氏でなければならない理由もない。もともと北条氏以外の御家人からみれば、北条氏は本音の部分では煙たい存在である。

鎌倉の武士にとって何よりも大切なのは本領安堵であり既得権の継承である。それを担保するのが将軍の権威であり、それが安定していれば、武士たちは心置きなく将軍に忠誠を誓うことができる。鎌倉の不穏な空気につつまれるとは将軍家という権威が揺らぐことである。関を破り路を廻りて密参したという近国の御家人たちの振舞いには、〈いざ鎌倉〉の精神がいまなお生きていたことを示している。ただ彼らは一筋に将軍御所を目指したのではなく、それぞれの思惑によって行動し、時宗亭の門を窺うという日和見の行動もしている。勝ち馬に乗ろうという打算に動かされて帰するところを摑みかね、いたずらに右往左往したというのが現実であろう。

将軍の権威が権力に結びつく契機は武士たちの忠誠心である。忠誠心とはある意味では最も人間的な心の問題であり、それは日常のふれあいの中で醸成される親王との心の絆である。御所の格子番の若者や一芸に秀でた武士との親密な交流、そして和歌などの晴れやかな行事における雅の共有など、親王を取り巻く人脈はまさに親王への忠誠心のネットワークでもあった。それは将軍と武士たちとの間を遮断しない限り、さらなる増殖を遂げていくことになりかねない。北条氏なかんずく得宗家にとって最も危険なのは、将軍と反得宗の北条氏をはじめとする武士たちとの親密な関係である。『鎌倉北条九代記』（大橋新太郎編　博文館　一八九四年二月）には、次のように親王の主導的な関与を語っている。

おりふしにつけては和歌の御会に事をよせられ近習の者どもを召あつめ密々に秘計を。くはだてゝ北条時宗を討て将軍家思召すまゝに天下を領したまはんとの謀《はかりごと》をめぐらしたまふと世に専はら沙汰あり。かれこれたがひに語りけるほどに風聞かくれなく時宗に告知《つげしら》するもの多かりければ北条家これより物事に遠慮あり疑殆《ぎたい》おこりて用心に隙なく……。

可能性としてはありえないことではないにしても、親王にそれほどの意思があったとは考えられない。『増鏡』第七の「北野の雪」では、親王と側近の武士たちの関係に触れて次のように語られている。

世を乱らむなど思ひよりける武士の、この御子の御歌すぐれて詠ませ給ふに、夜昼、いと睦ましく仕うまつりける程に、おのづから同じ心なる者など多くなりて、宮の御気色あるやうに言ひなしけるにや、さやうの事どもの響きにより、かくおはしますを、思し嘆き給ふなるにこそ。

おそらく『増鏡』の見方は正鵠を得ていると考えられる。

現執権の政村と親王将軍とは和歌を通じて親交があり、その関係は安定していた。もし政村に野望があれば、執権職を得宗家に返さず自家に継承させることもできたかもしれないが、政村は得宗家の時宗を選んだ。執権が得宗家であればひとまずは納得するという暗黙の了解が北条一門にはあったのであろう。政村にはそれに抗するだけの気概がなかったのかもしれない。また、名越教時にも反得宗家の旗幟を鮮明にして時宗に立ち向かうだけの器量がなかったものと思われる。

政村がどの時点で何を契機に親王を見限ったのか、史料からはみえてこない。弱冠一六歳の時宗にとって二五歳の親王は、個人の力量では到底太刀打ちできる相手ではない。なによりも眩い血筋の将軍であり、その圧倒的な権威を前にはいかに決断力に富んだ時宗といえども萎縮せざるをえなかった。実力者であった時頼ですら御息所宰子を猶子として、将軍家に対して曲がりなりにも岳父という位置に立っていた。時頼のみならずそれまで幕府の実質的な権力の獲得は、将軍家の乳母あるいは養い親関係、岳父などといった、将軍家に対して姻戚上優位な立場からなされてきた。時宗と親王との関係はそれとは逆である。時宗にとって親王は名づけ親であり烏帽子親でもあった。超えがたい巨大な壁である。

そのような両者の関係は、聖別された〈文〉の拠点である御所の権威が、〈武〉を背景とする権力を包摂する契機となりかねない。具体的には制度上の将軍の人事権が実質となることである。北条氏にとってこれほど危険な事態はない。執権政村の決断はこのような状況下になされたことになる。

〈文〉が聖別された空間を踏み越え、〈武〉の権力に手を伸ばした瞬間、〈文〉が有効性を失うという隘路は、当時の貴種の逃れえぬ宿命であるらしい。後鳥羽院の〈武〉からの竹篦返しがその代表で、上の下に対する抵抗が「謀反」と称された嚆矢が、この後鳥羽院の「御謀反」であったが、この事件は聖に対する禁忌が破られた事を意味する。禁忌とは秩序の結び目である。秩序が権威の序列であるとすれば、禁忌の破壊は既存の権威の崩壊をもたらす。承久の乱とはそのような出来事であり、〈文〉の脆弱性があからさまにされた事件であった。聖別された将軍御所と権力機構との境には常に危うい空気が立ち込めていたのである。

権力の判断は常に事実に優先する。数え切れないほど繰り返されてきた権力の原理がこの時も機能したと見る他はない。親王の謀反が事実かどうかは問題ではなく、権力側が「謀反」と断ずれば、それは謀反以外の何物でもないのである。表向き親王の謀反が表明された時点で親王の謀反は事実となる。したがって上洛した親王には院の謁見も得られず、幕府の警戒が緩むまで罪人として過ごさなければならなかったのである。

　里

今は身のよそにきくこそあはれなれむかしは主鎌倉の里

（竹風抄一〇六　文永三年十月五百首）

　湿衣

露ふかき草の袂ははらへどもわが濡れ衣は秋風もなし

（同一七二）

　錦

いかがせんにしきをとこそ思ひしになき名たちきて帰る故郷

（同一七七）

　鼠

虎とのみ用ゐられしは昔にて今は鼠のあなう世の中

（同二四六）

親しんだ鎌倉は今はよそに聞くばかりの里となり、「濡れ衣」を着せられ「なき名」を被って、故郷に錦を飾るどころか落魄して帰京する私は、それまでは虎のように畏れられ仰ぎ見られていたのに、今は鼠のように惨めである。著名な「虎とのみ」の歌は「用之則為虎、不用則為鼠」(『文選』巻四十五　設論「答客難一首」の「東方曼倩」)に拠っている。

虎のように用いられるとは、親王の高邁な精神の発露であり、その精神の軸は上に引用した「あめつちをうごかす道と思ひしも昔なりけり大和ことの葉」(竹風抄一二二)の「あめつちをうごかす道」である和歌であった。和歌が天地を司る根源であるとすれば、歌壇は秩序の座標軸に他ならない。親王はその中心に坐を占めるべく、『東撰和歌六帖』を撰し『三十六人大歌合』を成し遂げ、当代歌壇の頂点が鎌倉であることを演出した。それが将軍家として「あめつちをうごかす」手段であることを若き親王は信じたのである。しかしその高揚した精神は今は風化して、悔恨の闇に散るばかりとなった。「濡れ衣」「なき名」に鞭打たれ落魄の思いを束ねて京への重い足を運ぶ親王であったが、現実に対する無力さを露呈した和歌を親王は手放すことはなかった。むしろますます和歌にのめりこんでいる。

かへりきてまた見むことも片瀬川濁れる水の澄まぬ世ならば

右の一首は鎌倉の西の境界を流れる片瀬川を渡る時に詠まれたものと思われる。また見るこ

藤沢市片瀬の本蓮寺境内に建つ宗尊親王の歌碑

とも「難《かた》し」から片瀬川へ転じ、濁る・澄むと水の縁語を連ねつつ悲痛な心を織り込んでいる。この歌は親王の家集やその他の歌集に見えず、『歌枕名寄』（五三七五）にのみ伝えられた一首である。旅の順序からみて、上に見た中書王御詠の東海道を上る一連の羈旅歌の冒頭に置かれてしかるべき歌であろうが、他の歌とは作風に違いがある。少なくともその時点での親王の詠み方とは違って俊頼の歌に近い。『歌枕名寄』の成立は正和元年から延元元年の間（一三一二～三六）と考えられているから、親王没後少なくともおよそ四〇年以上経っており、伝説化されるに十分な時間が流れている。後世の仮託歌である可能性も否定できない。

片瀬川の近くに実朝が鎌倉将軍の祈願所に定めたと伝えられる本蓮寺という名刹がある。寺伝によれば、宗尊親王が帰洛のみぎり参籠してこの歌を詠んだという。境内にはこの歌を刻んだ歌碑が建っている。いささかの不安は残るが、真作であることを否定する根拠もなく、ここでは親王の作と考えておきたい。瞋恚と悔恨に苛まれながらも澄んでいく心がよく捉えられた一首である。

和歌の現実に対する無力さを身に染みて感じた歌人は、宗尊親王以前にも少なくない。薩摩守平忠度をはじめとする平家の公達、源三位頼政、後鳥羽院そして源実朝など枚挙にいとまはない。親王にはそれらの歌人たちをひそかに追尾する人生が残されるのみとなった。見方を変えれば親王はようやくこころおきなく和歌を愛するひとりの歌人に立ち戻ったことになる。

歌の神に愛され歌の神に弄ばれた親王は、なおその後の失意の人生を和歌に託した。その生涯は悲痛な輝きを放っている。

注

1　中川博「宗尊親王和歌の一特質―「六帖題和歌」の漢詩文摂取をめぐって」『中古文学』68号　一九九四年五月

2　樋口芳麻呂「宗尊親王の和歌―文永三年後半期の和歌を中心に―」『文学』36　一九六八年六月

あとがき

宗尊親王が鎌倉六代将軍であり優れた歌人であることは、同じ歌人将軍の実朝に比べて一般にはあまり知られていない。実朝の魅力は他の追随を許さぬ鮮烈なる悲劇性によって深められているが、幕府の権威樹立に果たした功績や和歌史にとどめた足跡の大きさは、いうまでもなく宗尊親王がはるかにしのいでいる。将軍としての功績を端的に言えば、武家文化を宮廷文化で磨きあげたことである。それによって幕府は権威のカリスマ性を獲得する。当代歌壇における親王の業績も計り知れない。しかし親王は未だ正当に評価されているとは言えない。もどかしい思いから、いつの日か光源氏のごときこの輝く親王を取り上げ、和歌という文化の側から見た親王の将軍家としての意義や、和歌史への位置づけを検討したいと思っていた。こころざしは有りながら、実際は親王のおびただしい数の詠歌を前に長らく逡巡していた。その弱腰の背を押してくれたのは他ならぬ鎌倉の風土である。

社会に出て間もなく鎌倉に移り住み、爾来市内を転居すること四度におよび、現在仮粧坂《けはいざか》の奥に幽棲している。仮粧坂といえば、後深草院二条に「階《きざはし》などのやうに重々に、袋の中に物を入れたるやうに住まひたる、あな物わびし」（『とはずがたり』）と評される。現在では閑静な住宅地であるが、「袋」とは言い得て妙で、まさに山に取り籠められたような谷戸である。しかしこの谷戸は鎌倉から外部に通じる主要な街道でもあった。険しい切通を越えた平場は刑場であり、交易の市も立った。知人から「出ませんか」と訊かれたことがある。出るとすればここが最もふさわしい。仮粧坂の名の由来のひとつに、夫が討ちとってきた首を妻女が洗って化粧を施し、首実検に供したという言い伝えがある。わが終の棲家にふさわしい由来である。仮粧坂に限らないが鎌倉は中世の痕跡が至る所に在り、もののふたちの気配が感じられる土地柄である。

上空からのぞむ現在の鎌倉（鎌倉市広報課提供）

リタイアするまで足元を見つめ鎌倉時代に思いを馳せる余裕はなかったが、ふとした機縁で鎌倉ペンクラブの会員となり、その当時の会長の故早乙女貢氏をはじめいくたりかの作家や芸術家と知り合い、また鎌倉の世界遺産を目指す協議会に参加したことで、これまで以上に鎌倉に向き合うこととなった。いつしか親王が身近に感じられ、気が付くと親王の家集に分け入り、先学に手を取られながらではあるが、心おきなくさまよっていた。

わが専門は古代和歌であり中世和歌はその領域を越えるが、対象が和歌である限り素人だからと逃げることは許されない。和歌の研究者は万葉から現代の短歌までを見通す目を持たなければならないと思う。難しいことであるが、及ばずながらそのようなスタンスを取り続けてきたつもりである。

俊成・定家を抜きにして和歌史を描くことはできないように、宗尊親王を外して和歌史を語ることはできないと思う。本書がこの優れた歌人の扉を開く契機のひとつとなり、将軍家が歌人であることの意義を問う切り口となれば幸いである。

末筆ながら、このわがままな企画を快く引き受けていただいた新典社の社長岡元学実氏、編集担当の小松由紀子氏、およびご協力いただいた方々に深く謝意を表したい。

二〇一三年四月

菊池威雄

宗尊親王参考地図

（　）内は『吾妻鏡』に記載のない寺社

菊池　威雄（きくち　よしお）
1937 年 11 月 19 日　長崎市に生まれる
1960 年 3 月　山口大学教育学部第一中等学科卒業
1962 年 3 月　早稲田大学大学院修士課程修了
専攻・学位　日本文学・博士
主著『柿本人麻呂攷』（1987年，新典社）
『日本の作家1 むらさきのにおえる妹 額田王』（1995年，新典社）
『人麻呂幻想』（1996年，新典社）
『高市黒人―注釈と研究』（編著，1996年，新典社）
『恋歌の風景―古代和歌の研究―』（2001年，新典社）
『仏の大地 チベット』（2003年，冬花社）
『天平の歌人 大伴家持』（2005年，新典社）
『万葉の挽歌―その生と死のドラマ』（2007年，塙書房）
『万葉　恋歌の装い』（2010年，新典社）

鎌倉《かまくら》六代《ろくだい》将軍《しょうぐん》宗尊親王《むねたかしんのう》
―― 歌人将軍の栄光と挫折 ――
新典社選書 61

2013 年 5 月 17 日　初刷発行

著　者　菊 池　威 雄
発行者　岡 元　学 実

発行所　株式会社　新 典 社

〒101－0051　東京都千代田区神田神保町1－44－11
営業部　03－3233－8051　編集部　03－3233－8052
ＦＡＸ　03－3233－8053　振　替　00170－0－26932

印刷所 恵友印刷㈱　製本所 ㈲松村製本所

ISBN978-4-7879-6811-1 C0395
http://www.shintensha.co.jp/　E-Mail:info@shintensha.co.jp